UN JOUR CE SERA VIDE

Hugo Lindenberg vit et travaille à Paris. *Un jour ce sera vide*, son premier roman, a été récompensé du Prix du livre Inter en 2021.

HUGO LINDENBERG

Un jour ce sera vide

CHRISTIAN BOURGOIS ÉDITEUR

ISBN : 978-2-253-93516-2 – 1re publication LGF

Aux enfants seuls et aux aliénés
À la mémoire d'Anne-Michèle Lindenberg

« Ce bruit soudain de l'eau
dans ce silence suspendu,
ce serait comme un signal [...]. »

Nathalie SARRAUTE,
Tropismes

PREMIÈRE PARTIE

Baptiste

1

Les méduses

L'enfant est à contre-jour. On distingue à peine son visage encadré par une chevelure lisse de vrai garçon. D'abord, il n'est que la cordelette de son slip de bain rouge ou bleu, qui s'approche, jambes graciles, pour observer le spectacle immobile dont je jouissais pour moi seul. Puis-je continuer sans crainte l'auscultation de la méduse à l'aide du bâton ? Plusieurs vagues passent, inondant la petite île de chair translucide avant que j'ose tâter de nouveau. Je presse légèrement la peau épaisse, mais ce n'est déjà plus l'essentiel. L'unique chose qui compte est désormais cette présence entre le soleil et moi. Un garçon de mon âge. Je me cramponne au bâton, orteils griffés dans le sable mouillé à la recherche d'un appui, tandis que la vague qui ruisselle sur la vague qui se retire me donne le vertige. « Tu la retournes ? » Nulle trace de défi dans la voix qui m'invite à poursuivre mes investigations. Une familiarité même, que je n'attendais pas. Mais je sais qu'il suffit d'une maladresse de ma part, un geste trop craintif par exemple, pour que cesse ce moment de grâce où rien n'existe entre nous sinon un peu de curiosité et cette masse compacte et urticante qui ressemble à un extraterrestre. Chaque seconde nous rapproche du moment où il faudra dévoiler plus de soi qu'on ne voudrait. Alors sans un mot, profitant de la poussée du ressac, j'exécute la manœuvre : voilà l'animal sens dessus dessous, ses longs filaments offerts à la morsure du soleil et à notre innocente cruauté. Je m'accroupis pour discerner dans les méandres gluants ce qui pourrait être une larme, un œil, un visage. L'enfant aussi s'approche, frôlant mon épaule de ses cheveux mouillés dont une goutte froide se détache et coule lentement le long de mon bras. Trajet affolant de ce don de sel sur ma peau. « On dirait un sac plastique ». Je lève le visage vers celui du garçon qui sourit, qui semble souriant autant que je puisse en juger tant je suis ébloui. Par le filet de mes yeux plissés, j'aperçois deux grands yeux verts et entre ses lèvres entrouvertes l'espace vide laissé par la chute d'une dent. J'imagine, dans un flash, le cadeau ou la pièce glissés sous l'oreiller épais, le baiser d'une mère, des volets qu'on ouvre sur le chahut d'une famille en vacances. « On la remet à l'eau ? » Les mots sortent plus doux que je ne l'aurais voulu, je trouve ma voix sotte, comme si elle trahissait une vérité qui me paraît soudain tragique et ridicule : je n'ai parlé à personne d'autre qu'à ma grand-mère depuis mon arrivée, autant dire depuis toujours. « À l'eau ? », le corps se déplie en guise de désapprobation. « Et si on la tuait ? » Je regarde ses pieds, ses pieds à lui, indifférents au sol qui se dérobe sous les vagues, indifférents à l'écume, et j'imagine aux orties, aux ronces et à tout ce qui se croit assez important pour les empêcher d'avancer. « Il faut la crever pour voir comment c'est dedans. » J'examine l'enfant qui me surplombe dans sa toute-puissance. Moi accroupi, un bâton tordu à la main, le visage déformé par la lumière, et sa demande me paraît d'autant plus légitime que je n'aimerais rien tant que de savoir de quoi il est fait dedans. Lui. De quel fluide magique ses veines sont parcourues pour donner cet éclat mat à tout son être. Alors je me lève, et avec une lassitude de vieux berger, j'enfonce le bâton en tournant dans la masse gélatineuse, à l'endroit qui m'a paru le plus tendre. Comme rien ne se produit je plonge encore la pointe jusqu'à déchirer la bête en deux. Elle est dure, insensible, comme une viande trop coriace, morte depuis des millénaires. J'abats un cadavre et la sueur accumulée dans mes cils coule soudain sur mes joues, larmes brûlantes qui effacent l'enfant, la plage et cette méduse que je sacrifie à la promesse d'une amitié estivale.

2

La mouche

Est-ce que, comme une cellule, la méduse peut survivre à sa propre division ? La question flotte à la surface de mon esprit alors qu'immobile sur un fauteuil, j'aspire de minuscules gorgées de jus d'orange pétillant. Avec la paille, j'imite la mouche qui s'abreuve de lymphe sur mon genou, sa trompe plantée dans le petit lac d'une plaie dont j'arrache toute tentative de cicatrisation depuis des jours. Il faut bouger le moins possible, ne pas l'effrayer pour profiter encore un peu de sa présence. Comme avec le garçon qui ne m'a pas donné son prénom, mais que j'ai saisi au vol alors que sa mère le hélait. « Baptiste ». À cet appel, il a haussé les épaules et m'a dit « À demain », comme si on tuait ensemble des méduses à heure fixe depuis des années. « À demain. » Me voilà l'heureux destinataire d'un rendez-vous. Pour la première fois depuis mon arrivée j'ai quelque chose à faire. Un projet. Une foule de questions aussi. Est-ce qu'il a voulu dire demain à la même heure ? Est-ce qu'il a dit « demain » comme il aurait dit « à bientôt » ? Voulait-il dire qu'on allait rejouer ensemble ou seulement se saluer d'un signe de tête ? Est-ce lui qui va venir me chercher ? Faut-il l'attendre au même endroit ? Que va-t-on faire ensemble ? Cette rencontre a-t-elle vraiment eu lieu ? Tout, jusqu'à l'existence des méduses, semble soudain discutable. Je ne suis même plus certain d'être allé à la plage ce matin. Pour le vérifier, il faudrait aller dans l'entrée voir si les nattes de paille dans le meuble à patères luisent de sable humide, si les sandales de plastique accusent encore leur séjour dans la vase et s'il tombe toujours des gouttes d'eau du maillot de bain, aussitôt transformées en taches blanches et salées par le métal bouillant du balcon. Mais quand bien même je trouverais le courage de traverser l'écrasante masse d'air chaud du salon pour en avoir le cœur net, les nattes, les sandales et le maillot de bain offriraient une résistance immobile. Amnésiques, comme tous les objets qui m'entourent. J'aspire une nouvelle gorgée de jus d'orange. J'aspire tout le jus d'orange jusqu'à faire crisser la paille au fond du verre, histoire de briser le silence. Devant moi s'étalent les rares jouets avec lesquels je tente parfois de faire avancer le temps. Des jouets vieux de tant d'étés que je ne me souviens pas les avoir jamais désirés. Ils attendent là, comme les casse-têtes d'un ennui dont je ne sais plus comment me démêler. J'ignore vers quel destin pourrait rouler cette voiture rouge, ni de quelles aventures devrait triompher ce soldat articulé. Qu'ils se débrouillent, je ne peux plus rien pour eux : toutes mes tentatives finissent invariablement en catastrophes dont les circonstances me laissent un goût de fer rouillé dans la gorge. Que faire d'autre du haut d'un buffet que de sauter quand seul, on a survécu à la défaite de son armée ? À part accélérer dans le vide, que peut espérer une corvette lancée à plein régime sur une commode ? Et cette poupée de chiffon aux yeux cousus de noir ressemble trop à un cadavre pour incarner l'espoir. Alors je ne fais rien d'autre qu'attendre que ma grand-mère se réveille de sa sieste et que reprenne la valse des tâches ménagères qui rythment nos journées. Petit-déjeuner, se laver, s'habiller, déjeuner, dîner, se baigner, se déshabiller, se coucher. Notre vie est une symphonie de robinets qui coulent, de chasses tirées, de bains vidés, de vaisselle lavée, de linge essoré. Et pour se divertir de ce déluge : la mer. Un milliard de milliards de mètres cubes d'apathie liquide devant lesquels s'ébrouent des familles ordinaires. D'un geste, je congédie la mouche dont l'acharnement a fini par m'irriter. La pendule sonne quinze heures tandis que mon unique distraction s'envole par la fenêtre.

3

Le baptême

Caché sous le parasol, allongé sur une natte, une visière masquant mes yeux, j'observe le ballet des familles sur la plage. Mieux, je l'absorbe. L'intimité en plein air révèle quelques-uns des mystères tant convoités de la vie quotidienne des vrais enfants : l'onde paternelle pour laquelle on érige des châteaux, l'embarrassante attention des mères. Mais aujourd'hui je ne m'abandonne pas totalement. Je guette parmi les taches lointaines celle qui, en se précisant, dessinera la silhouette de Baptiste, prêt à passer par la lame de mon bâton toutes les méduses de Normandie pour lui plaire. « Tu viens ? » Le voilà qui se tient devant moi, le soleil dans le dos, m'obligeant une fois encore à lever des yeux plissés vers lui pour ne voir qu'une ombre de son visage. Il m'a surpris, terré, mes jouets dérisoires ridiculement étalés autour de moi, marmonnant pour mes chimères. Mais surtout, il a surpris à mes côtés cette grosse dame en maillot de bain une pièce, le visage profondément ridé, enfoncée sur une petite chaise pliante à motif tournesol, qui tricote à l'ombre d'un parasol usé. Ma grand-mère adorée. Si étrangère à la plage qu'elle ne semble pas affectée par la chaleur. Moi elle m'accable, mais pas tant que la présence de Baptiste. Debout, ne sachant pas comment me tenir, j'éloigne mon camarade d'une main maladroite, en parlant trop vite de tout ce qui me vient à l'esprit pour saturer le sien et brouiller dans sa mémoire l'image fugace de notre petit campement. Mais je n'ai pas fait deux pas que l'accent de ma grand-mère vient y fixer pour toujours mon étrangeté. « Ne retournez pas trop tard », choisit-elle de dire dans un éboulement de *r* sonores et roulés. Baptiste jette un œil par-dessus son épaule, fronce les sourcils, narines légèrement écartées, puis revient à la conversation, comme s'il avait mal entendu. Feignant l'indifférence, je continue à l'attirer vers la mer où une rangée de méduses monte la garde devant les vagues. « Tu crois qu'elles sentent la douleur ? » L'assurance avec laquelle, la veille, j'ai déchiqueté le pauvre animal me vaut aujourd'hui un statut tout à fait enviable dans le monde de mon nouvel ami, à commencer par le fait d'être son « copain ». « J'ai un autre copain, me dit-il, j'ai un autre copain qui sait attraper les serpents. » Je profiterai plus tard de la joie de cette comparaison, tout occupé que je suis par les mille responsabilités qu'impliquent mes nouvelles attributions. À vrai dire j'ignore tout de la manière dont il faut se comporter avec un vrai garçon, c'est à peine si j'ose croiser son regard. Lui ne semble pas s'en soucier. Tout ce qui l'inquiète, c'est de trouver l'arme idéale pour augmenter notre cadence meurtrière. Je l'observe sans bouger, tandis qu'avec l'entrain d'un jeune chien, il fait des cercles autour de moi en quête d'un bâton. Puis, ayant trouvé son bonheur, le voilà qui agite une tête de poisson mort en psalmodiant dans une langue imaginaire afin d'insuffler à notre petit commerce morbide la noblesse d'un sacrifice rituel. Accroupis côte à côte, nous observons ensuite les effets de la trépanation sur l'organisme fraîchement empalé. « C'est quoi la différence entre une méduse vivante et une méduse morte ? », s'inquiète-t-il. Le mollusque luit au soleil, imperméable à notre curiosité. « À trois, on met tous les deux le doigt dessus », dit-il. Ce que mon ami ignore, c'est que depuis le début de l'été, le péril urticant des méduses m'a tenu éloigné de l'eau. Leur présence massive sur les côtes, largement commentée par les vacanciers, m'a servi d'excuse auprès de ma grand-mère pour ne pas aller nager et rester avec elle dans le rectangle rassurant d'une natte en osier. Seul avec mes livres et mes pensées, malgré les remontrances qu'elle m'adresse sans même lever les yeux de son tricot. « Tu vas t'esquinter la vue à lire tout le temps. Va à l'eau comme les autres. » Je me demande de quels autres elle parle. « Mais les méduses ? » L'incrédulité lui fait claquer la langue. Cependant elle ne me force à rien. Ma grand-mère ne m'oblige jamais. D'autant qu'elle ne sait pas nager. Parfois, quand la chaleur est trop forte, elle s'approche de l'eau et s'agenouille à la lisière des vagues comme une vieille paysanne au lavoir pour s'asperger d'un peu d'eau de mer grâce à la coupelle de ses mains. Je devrais avoir honte d'elle dans ces moments-là, or c'est tout le contraire, sans que je sache expliquer pourquoi. Mais pas question d'en parler à Baptiste. Encore moins de la peur des méduses. Il faut un peu de courage pour être un vrai garçon. Alors que j'approche, résigné, l'index de l'amas gélatineux, Baptiste attrape mon poignet. « T'es fou ? Elle va te piquer. Viens, on va nager, ce serait idiot de se brûler, ma mère dit que ça fait un mal de chien et qu'il faut pisser dessus, non merci. » Il se lève et sans lâcher mon poignet m'entraîne dans les vagues. Je serpente à son bras comme un foulard au vent. Si léger que je ne me sens pas rentrer dans l'eau. Me voilà immergé jusqu'aux cuisses. Bientôt l'eau glaciale me ceinture et deux vagues plus loin elle s'enroule à mon cou. Et c'est l'une des choses les plus agréables qui soient. Cette fraîcheur enfin dans mon corps. Baptiste me fait face. Les algues de ses cheveux dansent sous la surface quand il plonge la tête sous l'eau, sa main toujours dans la mienne. Il rejaillit les yeux brûlants de sel, la tignasse aplatie et m'invite d'un coup de menton à l'imiter. Alors je remplis mes poumons et les yeux fermés de toutes mes forces, je me laisse couler à mon tour. C'est comme une explosion de silence et de fraîcheur qui emporte le monde et mon corps. Toute la pesanteur emmagasinée depuis des jours se déverse dans les profondeurs. Mes dix mille tonnes de solitude avalées dans le ventre de la mer. Il n'y a plus d'avant, plus d'après, et ne serait-ce l'amarre délicate du bras de Baptiste me rappelant au monde de la surface, je me laisserais emporter par la berceuse des vagues loin des fièvres de l'été.

4

Le bain

Il faut maintenant compter avec Baptiste même quand il n'est pas là. Je ne peux plus rester immobile des heures entières sur le canapé du salon à respirer le moins d'oxygène possible, ni relire encore une fois ce vieux numéro de *Picsou Magazine* que j'ai usé jusqu'à l'écœurement. Je ne suis plus sûr non plus d'aimer mon vieux t-shirt « Italian Boy » rapiécé sur demande expresse par ma grand-mère. À vrai dire, je ne suis plus sûr de rien. Je ne sais pour le moment que très peu de choses sur mes nouveaux goûts : je ne veux plus entendre parler de boissons gazeuses (Baptiste n'aime pas ce qui pique), et je rêve de voir le mont Fuji (son rêve à lui). Dans l'attente de nouvelles indications, je tâche d'être le plus digne possible, ce qui n'est pas évident vu que ma grand-mère a tout faux, absolument tout le temps, sur à peu près tous les sujets. Par exemple elle ne cesse de me réprimander à propos de mon nouveau tic. Or ce n'est pas un tic, mais le spectacle le plus chic auquel il m'ait été donné d'assister. Il s'agit de souffler depuis l'extrémité droite de ma lèvre inférieure en direction de mon œil tout en relevant la tête d'un geste sec. C'est ce que fait Baptiste pour remettre en place la mèche qui couvre parfois son œil droit. Une chose qui n'appartient qu'à lui et que j'imite comme une prière devant le miroir de la cheminée dans la chambre que je partage avec ma grand-mère. Elle est immense, tellement grande qu'elle pourrait presque compter comme deux pièces, et mon matelas est assez loin de son lit, mais quand même, je n'aimerais pas que Baptiste soit au courant que je couche dans la chambre de ma grand-mère. Pas plus que je n'aimerais qu'il sache qu'il faut passer par la salle de bains pour y accéder. Il y a quand j'y pense beaucoup de choses que je préférerais que Baptiste ignore et pas seulement à propos de la maison. Pour le moment je me suis contenté de lui montrer le bâtiment dont on aperçoit le toit d'ardoises depuis la plage. « Moi j'habite là », en désignant la Villa Magnolia, dont nous n'occupons qu'un étage sur les trois que compte la grande bâtisse normande. Lui aussi m'a indiqué l'endroit où il passait ses vacances, embrassant d'un geste désinvolte les immenses blocs de craies qui forment les falaises des Vaches Noires, comme s'il s'agissait de ses terres. Alors j'ai imaginé qu'il vivait dans une demeure coloniale, comme celles que l'on voit dans les films où de riches Américains se réveillent dans des lits hauts comme des tables et regardent le soleil se coucher depuis le porche en soufflant sur leurs mèches rebelles. « Arrête avec ce tic », s'agace ma grand-mère alors que je tente d'éloigner avec grâce l'excès de mousse qui menace mes yeux tandis qu'elle me shampouine avec amour, assise sur le rebord de la baignoire. L'un des rituels les plus voluptueux du couple que nous formons avec cette femme mutique. À l'aide d'un broc en plastique jaune ou vert, elle fait couler l'eau brûlante sur mon crâne renversé en arrière. Une fois, deux fois, autant qu'il faut pour que mes cheveux grincent de propreté, répandant l'eau savonneuse sur mes épaules en une onde exquise qui me fait frissonner de bien-être. Il n'y aura plus ensuite qu'à se laisser glisser de la serviette au pyjama, du pyjama au lit pour rêver à la promesse d'une nouvelle rencontre avec Baptiste.

5

Les familles

Quand papa m'emmène au cinéma je dois mesurer mon enthousiasme parce que je vois bien la déception dans son regard quand je dis, en sortant, que c'est mon film préféré. Mon père est souvent déçu. Jamais autant que la fois où je lui ai dit que je voulais être un chat, mais quand même. *Qui veut la peau de Roger Rabbit* n'a apparemment pas les qualités requises pour être un film préféré, *La Rose pourpre du Caire* non plus. Pourtant *La Rose pourpre du Caire*, j'y repense souvent en ce moment. Ça raconte l'histoire d'une femme malheureuse qui va tout le temps au cinéma voir le même film pour oublier son existence morose. Un jour, son personnage préféré sort de l'écran et vient à sa rencontre dans la vraie vie. C'est exactement ce qui m'est arrivé avec Baptiste. Jusqu'à notre rencontre, j'allais à la plage pour le spectacle des familles. Je posais ma serviette un peu au hasard et pendant que ma grand-mère tricotait à côté de moi, je m'installais pour espionner une famille. En général, il y en avait deux ou trois à une distance idéale pour que je les entende bien. Si j'avais de la chance, parmi elles, il y en avait une avec des enfants de mon âge. Les couples et les gens seuls m'intéressaient moins, parce que ce qui excitait ma curiosité, c'était de voir des parents avec leurs enfants. Le quotidien banal d'une famille normale. Parfois, prétextant un problème lié à la position du soleil ou l'impossibilité de lire causée par le transistor de ma grand-mère, je m'éloignais un peu pour me rapprocher d'une famille paraissant digne d'intérêt. Pour le savoir, j'avais un truc infaillible. Si j'avais une pierre dans le ventre en les regardant, c'est que ça valait le coup. En général, une mère un peu potelée qui portait des bijoux me faisait une pierre dans le ventre, des enfants qui avaient l'air heureux et c'était le rocher. Ensuite il fallait faire attention à ne pas se faire remarquer. En principe, j'étais presque invisible. Un garçon de dix ans avec une vieille dame ça n'attire pas vraiment l'attention. Je faisais quand même mon possible pour rester discret – visière sur les yeux, livre grand ouvert devant le visage – mais au bout de quelques minutes, j'oubliais, je m'oubliais. Il ne restait plus que mon regard avide et ma mâchoire relâchée. Sans doute un peu effrayant à en juger par les œillades que m'envoyaient parfois un père intrigué ou un ado inquiet. Mais que pouvaient-ils voir en moi à part un enfant un peu attardé bavant sous la houle. Ce qui me paraissait bien moins honteux que la vérité. La vérité c'est que j'absorbais tout ce que je pouvais jusqu'à devenir l'air autour d'eux, jusqu'à être aspiré dans leurs poumons, puis recraché, puis aspiré encore pour saisir l'essence même de leur bonheur. J'aurais bu leur sang si ça m'avait permis de comprendre ce que c'est que d'avoir une famille comme les autres. Une mère qui vous passe de la crème solaire dans le dos, un père qui vous borde le soir en vous racontant une histoire. Il y avait cette famille en particulier que je suivais depuis le début des vacances. Une famille cabine. Le père qui était très poilu et portait une barbe ne cessait jamais de bouger, d'aller chercher des choses, de revenir, décrivant une orbite perpétuelle et anarchique autour du carré de serviettes familial. Quand il ne faisait pas un footing avec elle, il aidait sa fille à construire un château ou apprenait le crawl à son fils, riant toujours, comme s'il s'agissait d'un jeu (et à bien y réfléchir, il s'agissait bien de jeux, mais cela n'avait rien d'évident pour moi). La mère, elle, ne s'occupait pas vraiment des enfants, elle les regardait toujours en plissant les yeux à la manière des myopes, comme si elle tentait de les distinguer au loin et cela même quand ils se tenaient à quelques centimètres d'elle. Assise en tailleur, elle passait des heures à écrire dans un grand cahier à l'ombre d'un petit parasol bleu ou noir. Des cailloux piochés dans un grand sac clouaient au sol serviettes et feuilles volantes. Elle se moquait de la plage et ça me plaisait. La plupart du temps, elle gardait par-dessus son maillot de bain une robe de lin bleu ou beige et sur la tête un immense chapeau qui projetait ses épis de pailles sur le sable. Seul le cahier comptait. Régulièrement, un de ses enfants s'approchait trop près, projetant du sable ou même de l'eau de mer sur son travail et ça la faisait toujours rire. Elle plissait un œil incrédule et paraissait ravie de découvrir que le petit être qui venait de l'éclabousser était son enfant. Elle lui faisait signe d'approcher, négligeant soudain son cahier et ses feuilles qui pouvaient bien alors s'envoler, ça lui était égal. Elle fourrait le visage dans les cheveux de l'enfant, y prenait une grande inspiration. Contente peut-être d'y retrouver son odeur ou celle de son mari qui venait lui aussi parfois l'interrompre, allant jusqu'à la renverser sur le sable et s'allonger de tout son long trempé sur elle pour l'embrasser. Et ça non plus ça n'était pas grave, ça les faisait rire tous les quatre. Pas un d'entre eux ne se souciait des feuilles dispersées au gré du vent. J'avais espéré en ramasser une, alors je me serais levé pour lui rapporter et pendant qu'elle m'aurait souri avec indifférence j'aurais pu sentir son parfum. Mais les feuilles avaient virevolté en rond, captives elles aussi de l'aura du clan. Le fils devait avoir cinq ans pas plus, il s'appelait Diego et sa vie paraissait n'être qu'une interminable suite de plaisirs. À peine arrivé sur la plage, son père le harnachait de deux brassards orange qu'il ne quitterait plus de la journée. C'était le prétexte de chatouilles qui le faisaient hurler de bonheur et qui ne cessaient que lorsque la mère sortait la crème solaire dont elle le recouvrait comme un coq en pâte en l'approvisionnant de gaufrettes à la framboise que Diego dégustait avec application. Il allait ensuite se rincer les mains dans les vagues, ce qui donnait toujours lieu à une séance d'exploration de la faune grouillant sous la vase. Je pouvais alors entendre par bribes les conversations animées qu'il entretenait avec des bigorneaux ou des bernard-l'hermite qu'il finissait invariablement par aller présenter à ses parents, exagérément passionnés par la perspective de cette nouvelle rencontre. Puis, prétextant de ramener le coquillage à sa famille, le père allait nager avec son fils. De l'eau jusqu'au nombril, la main légère, comme un marionnettiste, il soutenait Diego en lévitation pendant que celui-ci répétait les gestes qui bientôt lui permettraient de nager tout seul. La fille, elle, était plus solitaire, plus timide que Diego. Elle s'appelait Céline et c'était la plus belle personne que j'avais jamais vue. Elle aimait faire le poirier et construire des châteaux. Ses cheveux étaient immenses et quand elle sortait de l'eau après avoir nagé elle penchait la tête sur le côté pour les essorer comme une serviette, à deux mains, toujours avec la même grimace. Est-ce qu'elle avait des nerfs dans les cheveux ? En tout cas c'était adorable, rien que d'y penser j'en frissonnais de joie. Presque tous les après-midi ils étaient à la plage, quasiment au même endroit, j'avais eu le temps de les voir bronzer, de m'inquiéter des coups de soleil de Diego, d'apprendre à lire sur le visage de la mère l'état d'avancement de ses travaux et de m'imprégner de leur légèreté. Et puis un jour ils ont disparu. Sont-ils rentrés chez eux ? Il m'arrivait de penser qu'ils avaient changé leurs habitudes à cause de moi, indisposés par le regard insistant que je faisais peser sur leur intimité. En me promenant le long de la plage, je craignais parfois de les apercevoir, fugitifs irradiant leur bonheur pour d'autres voyeurs que moi. Les jours qui ont suivi j'ai appris à me consoler avec des spectacles de seconde main. Des familles monoparentales sans charme, des pères agacés d'ennui, des fratries tout en sève et en ressorts. Je les regardais avec la même indolence que lorsque je passais d'une chaîne à l'autre le mercredi après-midi, en attendant le début de mes programmes préférés. N'hésitant pas à lever les yeux au ciel pour marquer mon désaccord avec telle marâtre, marmonnant des commentaires à voix haute dans une absence totale de conscience de moi-même, ou d'eux, ou du fait que nous habitions effectivement la même dimension. Quand l'ennui a été trop fort, j'ai fini par me lever pour aller inspecter cette mer, source de tant d'ondulation familiale. Et c'est là, parmi les alluvions, que Baptiste est venu à moi.

6

Le foie haché

Peut-on mesurer la profondeur d'une amitié à la distance parcourue dans l'eau ? Nos premières rencontres avec Baptiste n'agitaient qu'un peu d'écume sur cette frontière de vase que la mer dispute à la plage. Puis, enhardis par le noroît, nous avons sauté dans les vagues. Les rouleaux glacés m'emportaient dans une ruade avant de me ramener ébouriffé vers le rivage, le maillot de bain rempli de sable et ne trouvant plus l'équilibre jusqu'à ce que les yeux de Baptiste me fixent un nouvel horizon. Quand vint le moment de nager, je fus pris d'un vertige, rien n'allait plus de soi : la brasse m'était devenue étrangère. J'ai plongé dans l'eau, tendu comme une flèche, puis j'ai ramené mes bras tout en soulevant la nuque afin de laper une gorgée d'air à la surface, avant de replonger à nouveau. À peine cet enchaînement était-il terminé qu'il fallait tout recommencer. La combinaison de gestes qui jusqu'ici m'avait toujours permis une propulsion plus ou moins harmonieuse m'épuisait soudain dans un surplace désordonné. Je devais à la fois ne pas penser à Baptiste et garder à l'esprit qu'il jugeait mon degré de coordination motrice. C'était comme tomber du haut de la tour Eiffel et escalader l'Everest en même temps. Filant comme une pirogue, mon camarade avançait sur l'eau sans paraître gêné par mes gesticulations de caniche. Je l'ai suivi tant bien que mal et quand nous avons été assez loin pour considérer l'humanité comme une menace négligeable, il s'est arrêté, a contemplé un instant le petit bois de parasols blottis les uns contre les autres à l'ombre duquel une centaine de familles rougissaient en suant. Parmi elles je distinguais le triangle impeccable que formaient ses parents et sa sœur. Plus loin, seule sur une chaise pliable, ma grand-mère ressemblait à un rocher. Elle portait un maillot de bain noir ou vert très foncé et de grandes lunettes de soleil fumées. J'imaginais sur ses lèvres un improbable trait de rouge, de ce rose orangé qui semble avoir été inventé exprès pour sa coquetterie à elle. À Paris, quand elle s'en pince les lèvres devant le miroir de l'entrée, ses cheveux gris argent saturés de laque Cadonett, mon cœur se serre. Je l'imagine à vingt ans, dans un autre appartement, dans un autre pays, retournée face au même miroir sur sa propre silhouette, souriant à la ligne de ses mollets, avec ce rose orangé sur ses lèvres fines. Et une tristesse me vient de très loin. Une tristesse qui me donne envie d'échanger avec elle ma jeunesse, pour lui donner une vie encore, une vraie vie, dans laquelle elle aurait quelqu'un d'autre qu'un enfant de dix ans pour veiller sur ses vieux jours. Remuant vigoureusement pour me maintenir à la surface de l'eau, essoufflé, mes boucles noires alourdies par les flots, je la regardais avec un amour décuplé par la distance et Baptiste me regardait. « Maman dit que vous êtes juisse », dit-il après un long silence, comme s'il s'agissait de dissiper un malentendu et qu'il avait attendu d'être sûr que nous soyons seuls pour en parler. Je redoutais ce moment depuis notre deuxième rencontre, quand il s'était retourné sur le phrasé coupant de ma grand-mère. Il fallait bien trouver une explication à la présence de ce petit garçon à la peau pâle et aux cheveux frisés, seul avec une vieille dame qui roulait les *r* sur une plage de Normandie. D'autant qu'elle avait cru bien faire en offrant à sa famille un bol de foie haché concocté en l'honneur de notre amitié naissante. Tout m'avait couvert de honte dans cette entreprise que je n'avais pu empêcher malgré mes suppliques. Outre qu'elle trahissait l'enjeu disproportionné de cette rencontre fortuite avec un petit garçon de mon âge, j'étais sceptique quant au choix du présent : un mélange d'œuf dur, d'oignon, d'ail et de foie de volaille grossièrement coupés formant une pâtée marron à l'odeur âcre. J'aimais le foie haché comme j'adorais ma grand-mère : dans l'intimité du foyer. Offerts à la vue de tous, l'un et l'autre m'embarrassaient terriblement. J'avais observé incrédule, caché derrière le rideau de mes cils à demi clos, ma grand-mère qui traversait la plage à la rencontre de la mère de Baptiste, portant à deux mains un bol fleuri couvert d'aluminium. J'imaginais les Baptiste, le soir, attablés en famille dans leur magnifique demeure coloniale riant aux éclats au moment de raconter comment une vieille Tzigane s'était ridiculisée, le bol de foie haché intact gisant dans la poubelle. Cette image m'avait hanté toute une nuit pendant laquelle j'avais haï tour à tour ma grand-mère pour ses manières de shtetl, puis la mère de Baptiste pour sa cruauté. C'était désormais au tour de son fils de m'humilier au milieu des vagues. Alors j'ai plongé une dernière fois les yeux dans le regard émeraude de mon ami avant que ne s'éteigne en lui toute lueur d'admiration.

Prêt à abdiquer mon statut de petit garçon normal que j'usurpais le mieux possible. C'est alors qu'il reprit en gigotant pour se maintenir à l'air libre : « J'ai un autre copain qui est juisse. » Il laissa passer quelques clapotis et ajouta : « Vous avez trop de chance, moi c'est nul, je ne suis rien. » Il y avait à deux brasses de moi, flottant sur la mer à trois mètres du fond, un garçon pour qui j'avais tué des méduses et dont j'imitais depuis une semaine chaque geste, allant même jusqu'à infléchir ma voix pour chercher les notes qui donnaient à la sienne cette allure éblouissante. Qu'il puisse penser n'être rien était la chose la plus réconfortante et la plus drôle que j'aie entendue de ma vie. Alors j'ai ri, entraînant Baptiste avec moi. Deux petites têtes hilares dépassant de l'eau. Le visage édenté de mon ami disparaissait derrière la dune d'une vague naissante pour réapparaître aussi naïf et franc l'instant d'après, riant de plus belle. Et je l'aimais tant que j'aurais voulu le noyer.

7

La chambre

Que contient l'air de la pièce ? Je prends une grande inspiration pour remplir mes poumons que je me figure comme deux arbres au feuillage balayé par les vents. Ce corps m'enveloppe mais ne me contient pas. Dedans, l'espace est sans limites : je devine des galaxies aux années-lumière de silence là où se niche un cœur sans doute pas plus grand qu'un poing fermé. Il y a des plaines sous mon nombril que trois jours de vol ne suffiraient pas à parcourir. Ma grand-mère endormie à mes côtés, il est envisageable que personne au monde ne se soucie de ce que je fais, ou ne fais pas en cet instant. Le temps est aboli. L'instant qui vient s'écroule invariablement sur l'instant qui ne passe pas. Alors je sépare les odeurs de la pièce pour tenter de remettre les choses en ordre. Laque, cire, insecticide, moisissures, antimite…

Chaque surface est sommée de décliner ses émanations, de la trame crochetée du dessus-de-lit à la reliure cramoisie d'un vieux Jules Verne qui repose sur la table de nuit. Quand un léger courant d'air tiède s'infiltre par les persiennes, tout se mélange dans la lumière, charriant le souvenir sucré de la plage. Je plisse les yeux par goût du spectacle et pour regarder le monde s'embraser sous mes paupières. La tache d'humidité que je fixais au plafond y forme un lac argenté. Je cligne cent fois. Et cent fois encore la tache passe du plafond à mes paupières et de mes paupières au néant. Mais quand je rouvre les yeux, il faut se rendre à l'évidence, l'effacer je ne peux pas. Sauf à me lever, ce que je finis par faire de mauvaise grâce, laissant le plafond à son existence plane et à ses horizons de moulures pour une exploration olfactive des placards de la maison. Derrière mon reflet dans la salle de bains, il y a un rasoir rouillé et des instruments de dentiste qui sentent les barbelés. Et une boîte de talc dont l'odeur de craie me ramène un instant à l'école, dans la pièce au-dessus du préau où la dame a dit dans mon dos que j'étais trop angoissé. Comme si c'était sale. Comme si je n'étais pas là. La pharmacie refermée, je sors de la salle de bains mais une partie de moi reste engluée dans l'asphalte et les échos de la cour de récréation. Deux secondes pas plus, mais cela suffit à ruiner les efforts de toute une saison pour ignorer la chambre maudite. Et son occupante : ma tante la folle. Voilà que je me tiens dans le couloir, devant la porte que je n'ai pas ouverte depuis mon arrivée. C'est comme si entre le vestibule et la salle de bains, entre la salle de bains et le vestibule, le temps faisait un saut. C'est comme si autour de l'existence de ma tante, mon esprit faisait un saut. Maintenant que j'y fais face pourtant, je réalise que sa chambre est au centre de la maison. Qu'elle partage un mur avec chaque pièce, même le balcon. Elle est le noyau pourri de la Villa. Maintenant que j'y pense, sa présence paraît inévitable. Comme le vent d'atome venu d'URSS. Ma grand-mère n'est pas encore allée la chercher au train, mais l'imminence de sa venue suffit à donner cette lumière froide aux rayons du soleil, son teint pâle au sable, l'odeur de feuille moisie sur les arbres. C'est contre elle que je lutte avant de dormir et parfois encore dans la pesanteur du matin. J'avais cru la contenir dans les dix mètres carrés de sa chambre vide en ne l'ouvrant pas. Naïveté à laquelle il est temps de mettre fin. Avec une précaution d'agent secret j'actionne la poignée de porcelaine qui n'était verrouillée que par mon esprit. Me voilà dans l'antre du mal. C'est exactement comme dans mes souvenirs, en plus petit. Mais on voit tout de suite qu'il y a un problème. Ce n'est pas la chambre d'un enfant et pas non plus celle d'un adulte. Tout me dégoûte : l'horrible couverture en patchwork bordeaux sur le petit lit, le cendrier au milieu de la table de nuit, de ceux qu'on trouve dans les cafés, jauni à l'endroit où les gens oublient leur cigarette. Et puis les 33 tours qui jonchent le bureau, les étagères et le sol. Il y en a partout, sauf dans le petit meuble en accordéon qui est fait pour les ranger. J'évite de croiser le regard des chanteurs sur les pochettes. Ces « vedettes » que je déteste, celles de sa jeunesse à elle, toujours à se plaindre d'un chagrin d'amour ou de leurs parents, alors que leur vrai problème c'est leur coupe de cheveux. Je me tiens sur le pas de la porte, prêt déjà à ressortir, mais il y a sur le côté droit du bureau un petit placard, le petit placard a une porte, la porte une serrure et la serrure une clé qui m'appelle de toutes ses forces. C'est une petite clé en losange sculptée de motifs symétriques. Je me baisse et je la tourne lentement pour bien sentir le verrou céder sous la pression. Dedans c'est un fatras tel que j'hésite d'abord devant le risque d'avalanche. Il y a pêle-mêle des lettres, des cahiers, des photos, un vieux portefeuille, des prospectus, des cartes postales, des sous-bocks, un ticket de patinoire. Le tout dans des états divers de jaunissement, pliage et émiettement. Qui avant moi a fouillé ici ? Assis en tailleur sur le tapis, je tente de déchiffrer l'odeur qui en émane. Un mélange de bibliothèque et de cave. Je saisis une photo au hasard. Dessus il y a deux enfants, bras dessus bras dessous face à la mer. Une fille et un garçon. Elle c'est ma tante la folle, onze ans à peine, et lui c'est mon père qui doit avoir dix-sept ans. Ils sont dos au large, de l'eau jusqu'aux chevilles. Le frère et la sœur, maigres et souriants malgré le soleil qui les fait grimacer. Je cherche des indices sur leurs visages, des signes précurseurs. Mais à part un chapeau ridicule pour elle et un maillot de bain grotesque pour lui, je ne vois rien d'évident. Rien qui permette de dire que les choses vont si mal tourner. Derrière eux, on distingue quelques silhouettes, dont celle d'un jeune garçon, de trois quarts, presque de dos qui me fait penser à Baptiste et qui lui, ça ne fait pas de doute, est normal. Je plonge la main à la recherche d'autres photos, écartant d'une pichenette les papiers qui ne m'intéressent pas. En voilà une sur laquelle elle doit avoir quinze ans. Elle marche dans la rue d'un pas enthousiaste, en jupe écossaise fermée par une grosse épingle à nourrice. Ses cheveux sont déjà courts, mais son visage est encore celui d'une enfant. Un garçon de son âge lui emboîte le pas. Il a les oreilles décollées, des cheveux blonds en bataille, la mine gouailleuse. Il est beau. Au dos de la photo il y a écrit : « Osmond et moi, boulevard Saint-Michel, 1963. » Je m'étonne de ce garçon à ses côtés. Ça m'agace. J'hésite à déchirer la photo, à les séparer. Mais déjà les doigts repartent en quête d'une nouvelle image. En voilà une où elle est presque telle que je la hais. Jeune encore, mais déjà grosse, voûtée, les bras ballants, si laide qu'elle fait honte. Habillée comme un homme, avec des vêtements trop grands choisis à la hâte parce qu'ils sont commodes. Des habits qui dissimulent. Elle a le visage penché en avant, si bien que le soleil de midi projette l'ombre de son nez sur sa lèvre supérieure, y dessinant une moustache. Comme si ça ne suffisait pas, ses yeux sont blancs parce qu'elle regarde le photographe par en dessous. On dirait un monstre en proie à une réaction en chaîne, les entrailles consumées par un feu d'uranium. Derrière elle, adossée sur la portière d'une voiture, ma grand-mère sourit poliment, les mains dans les poches d'une veste de bûcheron, à côté d'une dame qui doit être son amie Fanny. J'étale les photos sur le tapis pour comparer les visages : celui de la petite fille au chapeau face à la mer avec son sourire tordu par le soleil et celui, effrayant de la grosse dame à moustache d'Hitler. J'ai la nausée soudain. Ça sent le tabac froid, la chambre n'a pas été aérée depuis longtemps. Et les visages sur les disques m'oppressent. Il faut partir, trouver d'urgence une odeur joyeuse. À la cuisine par exemple. Quelqu'un m'a raconté que les parfumeurs mettent le nez dans le café pour rafraîchir leur odorat. Je fais bien attention à tout remettre dans un désordre à peu près similaire à celui que j'ai trouvé, mais juste avant de fermer la porte du placard, sans réfléchir, je crache dans la paperasse. La bave blanche atterrit sur une carte postale de l'île de Ré. Je fais tourner la clé, puis je quitte la chambre avec autant de soin que si un nourrisson était en train d'y faire la sieste. Sur le pas de la porte, je guette un instant le silence, pour m'assurer que ma grand-mère dort encore, avant de faire glisser mes chaussettes jusqu'au vaisselier de la salle à manger, derrière les portes duquel s'est imprégnée une odeur âcre de tilleul et de chicorée. Une odeur que je n'ai jamais sentie ailleurs et qui sera désormais et pour l'éternité l'odeur d'ici, de l'ennui et de mes dix ans.

8

L'invitation

Le foie haché peut avoir des conséquences inattendues. En l'occurrence celui que ma grand-mère a cuisiné pour la famille de Baptiste me vaut l'honneur d'être étendu à ses côtés. Dans sa chambre. Si proche que je peux sentir les radiations de chaleur émanant de son corps depuis le lit jumeau de l'autre côté de la table de nuit. Dormir est hors de question. Il y a trop d'images à ordonner. Mais déjà la respiration régulière de Baptiste se mêle au crépitement du vent dans les feuilles en un chant hypnotique qui ôte toute consistance à la réalité. Le petit tas de mes habits, que j'ai trop méticuleusement pliés sur la commode pour donner la patte à la mère de Baptiste se déforme sous l'effet du sommeil jusqu'à prendre l'aspect d'une figure grotesque. L'écart entre le tissu du t-shirt et celui du short formant une longue bouche et deux narines narquoises. Les chaussettes retournées en un rectangle parfaitement lisse figurant un œil fermé tandis que le slip blanc recroquevillé en boule me fixe moqueur. Ma tenue de la veille n'est pas dupe de mon petit manège. Ce soir, je n'ai eu d'yeux que pour la mère de Baptiste et ni son père, ni sa sœur, ni Baptiste lui-même n'ont pu me distraire de sa sensualité. À table je prie pour qu'elle se lève, dispersant son parfum jusque sur ma langue afin que je puisse, entre deux bouchées, avaler un peu de son prestige. Je guette le concert de bracelets qui à la manière d'un appeau, m'attire dans le piège de ses mains entravées de bagues, désignant tour à tour de ses ongles vernis de rouge sa poitrine ou ses cheveux qu'elle effleure d'un geste souverain. Je sais que je ne supplanterai jamais Baptiste dans son cœur. Alors je joue à l'homme du monde. Spirituel et attentif comme un chien savant. Plaire aux mères est une science dont j'expérimente les artifices depuis la nuit des temps. On ne peut pas être mauvais partout. Sauf à considérer le terrible spectacle qu'offre le père de Baptiste, petit piaf dégarni aux yeux inquiets, que j'évite du regard pour limiter au maximum sa présence dans mes souvenirs. Ce qui s'y fixe pour toujours c'est l'élégance d'un soufflé au fromage que je m'efforce d'honorer en ne hurlant pas de douleur quand la première bouchée me brûle toute la partie nord-ouest de la langue. J'évoque des livres que je n'ai pas lus, des films que je n'ai pas vus, mais sur lesquels je sais tout ce qu'il y a à dire. Je me dégoûte un peu mais la machine est lancée, il y a en moi une bête qui gémit, qui se roule au sol et qui sait que dans une heure à peine cette femme me bordera comme si elle m'avait mis au monde. Je rougis un peu à l'idée que Baptiste assiste à tout ça, mais il me paraît soudain d'une autre jeunesse que la mienne. Certains adultes possèdent les clés de mondes plus désirables. Celui que me dévoile la mère de Baptiste a la douceur du velours. Elle a cette façon de me regarder, en penchant la tête, les yeux plissés, la bouche juste assez entrouverte pour que j'aperçoive sa langue pressée contre ses dents, qui me ralentit le cœur. Comme si elle essayait de s'extraire du présent pour m'envisager tout entier, comme si elle voyait mon avenir. C'est ce que je me suis dit quand elle m'a regardé la première fois à la plage marquant un temps avant de me dire : « Voilà un jeune homme qui a l'air bien malicieux », avec une voix joueuse et je me suis senti soudain si important et même peut-être adulte, plus tard, pour la première fois de ma vie. Quand elle a ouvert la porte ce soir, quand je suis arrivé et qu'elle a été surprise de me voir arriver seul, à pied, depuis chez ma grand-mère, elle m'a une nouvelle fois offert ce regard penché, laissant flotter quelque chose entre nous, sur le pas de la porte, le parfum d'un secret qu'on ne divulguerait pas aux autres. Je ressens avec elle la même caresse chaude que lorsque ma grand-mère verse sur mes cheveux la vague bouillante du broc pour me rincer. Mais à distance, rien qu'en allumant une cigarette, en faisant rouler une de ses bagues entre ses doigts ou même en épluchant une clémentine. Voilà donc la vie des familles quand elles rentrent de la plage. Le ballet des douches, les tenues décontractées du soir, le violon, mettre le couvert et parler en dînant. Première découverte : les familles de la plage se connaissent. « J'ai vu Solange aujourd'hui, ils vont passer deux jours à Houlgate, ils demandent si on peut prendre les garçons. » « Gérard a marché sur un oursin, il ne peut plus poser le pied par terre. Tu as vu les Bonnassi ? » « Elle ne peut clairement plus le supporter, on dîne chez eux mardi. » Deuxième découverte : les enfants ont leur mot à dire sur la marche des choses : « J'ai envie d'acheter des langoustines pour demain, qu'est-ce que tu en dis Baptiste ? » « Tu pourras nous refaire ta mayonnaise délicieuse ? » « Clem, est-ce que tu as envie de retourner au club Mickey ? Sinon propose-nous d'autres activités. » Moi aussi, je récolte mon lot de questions et il n'est pas toujours aisé d'y répondre. En tout cas, c'est vraiment gentil de ma part de passer un peu de temps avec ma grand-mère, elle en a de la chance. Et mes parents doivent être ravis d'avoir un petit garçon si poli. Quand j'ai fini mon assiette, que j'ai bu l'eau en me tamponnant ensuite la bouche délicatement du bord de la serviette, quand j'ai rapporté à la cuisine les couverts, essuyé des verres, plié des torchons, joué dans le jardin avec Baptiste, que je me suis lavé les dents en faisant bien attention de ne pas le faire comme à la maison, penché sur le lavabo, mais bien droit, avec des gestes précis, que je me suis aspergé le visage et que j'ai enfilé le pyjama prêté à l'odeur de lessive chère, je suis enfin prêt à recevoir le baiser. Penchée sur le visage de son fils, puis sur le mien, la mère de Baptiste répand le tintement sucré de ses bracelets autour de l'oreiller, comme un ballet de petites fées, tandis que me menace un pendentif qui me distrait un instant du charbon de ses yeux. Je dois me concentrer pour que rien ne paraisse de mon trouble, pour présenter la figure d'un garçon qui a l'habitude de la tendresse. Je voudrais suivre un son après l'autre ses déplacements dans la maison. Le parquet qui miaule jusqu'à la chambre de la sœur, les bribes de comptine, les pas dans l'escalier, puis la rumeur sourde du salon : des pages qu'on tourne, des tiroirs qui glissent sur des rails, des verres qu'on pose sur le bois d'une table basse, le grésillement d'un foyer au repos. Allongé dans le noir, la respiration de Baptiste en veilleuse, je me laisse imprégner par ce calme qui n'est pas de l'ennui, qui n'est pas de la solitude, qui n'est pas de l'attente. Leur maison ne ressemble pas à la bâtisse coloniale perchée sur les collines que j'avais imaginée. Ni chevaux aux nasaux fumants dans les écuries, ni portraits d'ancêtres dominant les volumes d'un escalier majuscule. Mais le dépaysement est total. Quelque chose qui n'a ni forme, ni odeur, ni goût, une pulsation ; peut-être la danse du temps. Les yeux lourds, je pense à ma grand-mère que j'ai laissée seule à la Villa. À ses seins fatigués entrevus par le jeu du miroir de sa chambre l'autre matin, depuis la salle de bains, alors qu'elle se changeait, et dont l'image ne m'a plus quitté. Dans le demi-sommeil qui m'emporte, ce sont deux énormes valises en cuir remplies d'une correspondance jaunie, deux valises qui font ployer son dos. Elle avance voûtée sur la plage déserte à la tombée du jour, abandonnant à la charge du vent les souvenirs de son exil. Me voilà perché sur les collines, criant son nom dans la nuit, mais le sable étouffe ma voix dans les dunes, alors que je contemple impuissant cette femme à l'écorce solide s'enfoncer dans le néant de vase.

DEUXIÈME PARTIE

Les monstres

9

La tante

Ça sent la chambre. On sent maintenant l'odeur de la chambre depuis l'escalier. Trois jours qu'elle est arrivée et la pièce a contaminé tout l'appartement. Je sors de plus en plus tôt, de plus en plus loin. Je dois marcher une heure, parfois plus pour me débarrasser de cette puanteur de cigare froid et de chair moisie qui est partout en moi, jusque dans l'univers infini de mon corps. Il faut marcher sur la plage, contre le vent, pour créer un courant suffisamment fort et se laisser traverser pour nettoyer la souillure. La bruine gifle le visage, y invente les larmes. Je m'ébroue dans la puanteur de la marée saturée par le brouhaha des méduses dont les voix molles rebondissent dans mon esprit. « Aussi quel besoin avait-il d'ouvrir ce placard, si une porte est fermée, c'est qu'il y a une raison. Et puis on ne fouille pas dans les affaires des autres.

Ce qui est au placard doit rester au placard, un point c'est tout. C'est lui qui l'a fait venir en remuant la poussière de sa chambre, il a beau jeu de chouiner maintenant. De toute façon ça n'a rien d'étonnant, avec ses drôles de manières, on ne pouvait rien espérer de bon. Il n'a que ce qu'il mérite. Vous savez ce qu'on dit ? Il ne vaut mieux pas s'approcher de trop près. Oui, il pue. Il sent mauvais. C'est une infection. » Les méduses sont les cerveaux des cadavres des naufragés, les méduses communiquent entre elles et j'en ai tué tant que je les entends désormais hurler dans l'écume. J'ai libéré leurs âmes en trifouillant leurs méninges de la pointe de mon bâton. Est-ce que Baptiste les entend aussi ? Je suis malade à l'idée de Baptiste. Je voudrais me purifier dans la mer pour tout oublier, mais tout seul je ne sais pas. Je n'ai pas cette légèreté qui permet aux autres enfants de se défaire de leurs vêtements d'un geste et de courir dans les vagues en tendant les bras comme pour des retrouvailles. Il n'y a pas si longtemps pourtant, je comptais les pas qui me séparaient de la plage, c'est-à-dire de Baptiste. J'étais à soixante-quinze enjambées de la vie. Je ne me demandais plus de quel naufrage les vacanciers se réjouissaient à demi nus sur le sable, ni quel secours cette mer sans espoir pouvait bien leur apporter. Je mordais moi aussi dans des pêches trop mûres dont j'allais me rincer le corps entier dans l'eau, regardant depuis le large la foule avec fraternité. Entre les cabines de bois et la mer, sur ce mince ruban de sable, se jouait une farce dans laquelle chaque famille avait son rôle. Je connaissais d'ailleurs le mien à la perfection. Laquais, tueur de méduses, charmeur de maman. Étaler de la crème sur sa peau, manger un sandwich couvert de sable, construire un château, lire au soleil, j'avais déjà fait tout ça, mais jamais avec tant de fierté, jamais en espérant être vu. Même la mer s'était laissé apprivoiser. Ses profondeurs opaques, autrefois peuplées de monstres à la dentition fantasque, j'en connaissais désormais les contours maternels et les hôtes craintifs, abrités sous les rochers. Comme l'aigle sur la plaine, je volais à grandes brasses sentencieuses au-dessus des forêts d'algues, avec toujours Baptiste en balise, ouvrant le chemin ou fermant la marche. Parfois cette confiance fragile s'étiolait lorsque, Baptiste nageant derrière moi, me venait cette idée que je l'avais inventé. Ou bien qu'une vague l'avait englouti, puis recouvert, puis oublié. Tant que je ne me retournais pas pour vérifier qu'il me suivait encore, qu'il existait toujours, rien ne venait contrarier mon angoisse. Tout ce qui échappe à mon regard n'est que fiction. Alors la mer redevenait ce bouillon poisseux et la plage un charnier. Je faisais encore quelques brasses vers le large, profitant pour un instant encore de ce deuil intact, qu'aucune parole n'avait corrompu, même pas le film humide d'une larme. Puis je me retournais pour apercevoir, insouciant, mon ami voguant à deux mètres de moi et ses deux yeux verts dont le regard me servait de boussole. Soixante-quinze enjambées me séparent de la plage mais ça n'a plus d'importance puisque je les dévale maintenant, à peine réveillé, indifférent et furieux pour être accueilli par le crachin et le babil des méduses. « Il peut s'estimer heureux qu'il pleuve, sans ça la plage serait bondée et Baptiste serait là. Que va penser Baptiste quand il verra la folle ? Qu'il s'est bien fait avoir, voilà ce qu'il va penser. Mais au fond, il s'en fiche. Il va hausser les épaules et il s'en ira jouer avec des garçons normaux. Et sa mère, ne croyez pas qu'elle va s'inquiéter, elle dira "je n'ai jamais aimé ce garçon, comment s'appelait-il déjà, je préférais ton petit camarade de l'année dernière". Vous croyez qu'elle dira ça ? Non d'après moi elle ne dira rien du tout, plus personne ne dira rien du tout. » J'ai la tête qui tourne et des cailloux dans le ventre, la rage m'a épuisé. Je veux rentrer, lire sur le canapé élimé bordeaux ou vert du salon, à l'abri des regards. Pluie ou pas, je ne sortirai plus jamais. Même pas sur le balcon, où je risquerais de croiser la folle, corps grotesque livré à la vue des passants, gisant sur un transat, rouge et humide comme un fruit trop mûr. Pourvu qu'il pleuve mille ans. Pourvu qu'il pleuve jusqu'à sa mort. Sa présence dans la maison me traverse comme un courant, me charge d'une rage qui me cuit de l'intérieur. Il faut qu'elle crève maintenant, avant que quelqu'un ne s'aperçoive de sa présence, avant qu'elle ne sorte de la Villa et que Baptiste ne comprenne, effaré, à qui il a affaire. « Bien sûr qu'il est sérieux, il pourrait très bien la tuer, après tout il suffirait juste de mélanger ses médicaments, il n'en est pas à son premier meurtre, il a tué tant des nôtres, à la chaîne, comme à l'usine, il disait "une autre, une autre", ce n'est pas un crime de plus qui va lui faire peur. Oui, des milliers de méduses, par pur plaisir. C'est effroyable. Sans le moindre remords. Oui bien sûr, vous avez raison, ce n'est pas si étonnant après tout, dans cette famille personne n'est normal, il paraît qu'ils ont même des histoires dignes de roman policier. » Avec la plage s'éloignent les bruits dans la tête, peut-être que ce n'était que le vent. La rue est déserte à cause de la pluie. Ou peut-être qu'elle est toujours déserte mais que je n'y prête d'ordinaire aucune attention.

Je marche le plus lentement possible pour ne pas rentrer trop vite, je m'arrête même un instant pour observer la Villa, comme si la pluie, en rendant les choses inconfortables, les rendait intéressantes. Le reflet des nuages noirs étalé sur les fenêtres étroites donne l'impression que la maison abrite un orage. La grande façade de brique est plus sombre que jamais. De la grille s'échappent deux tiges de magnolia. Je les casse délicatement pour faire quelque chose de gentil, quelque chose de pas fou. Je ne le fais pas assez doucement, mais la capuche de mon K-way me gêne, elle se colle froide et mouillée contre ma joue. Et puis je n'ai pas de ciseaux. La mère de Baptiste, je l'ai vue, coupe des fleurs dans son jardin avec des ciseaux. Elle prend son temps, choisit une fleur sans se presser, à qui elle adresse le même regard qu'à moi, celui avec les yeux plissés et la bouche entrouverte. Elle pense à l'avenir de la fleur, elle s'inquiète pour elle. Et puis elle la coupe très soigneusement. Avec d'autres fleurs cueillies çà et là mais pas du tout au hasard, elle fait un bouquet et ça rend toute la famille heureuse et ils se le disent. Baptiste par exemple va dire : « Maman, j'adore le bouquet, elles sont très belles les jonquilles. » Et sa sœur va parler du vase, ou d'un autre bouquet dont elle se souvient qui était plus joyeux ou moins bien assorti que celui-là. Et même le père de Baptiste, Dieu sait qu'il est inutile, aura toujours un mot gentil pour faire savoir que ce bouquet lui procure de la joie. À peine ai-je sonné que ma grand-mère m'accueille une serviette à la main, me déshabille à même le paillasson en s'étonnant d'avoir un petit-fils qui sort faire on ne sait quoi sous la pluie, qui revient trempé, à croire qu'il veut attraper la *morte*, avec des fleurs qui n'avaient rien demandé à personne. C'est pour ma tante, je mens, tandis qu'elle m'enroule dans une couverture qui me donne l'impression d'être secouru en montagne. « Ah ? » Elle s'adoucit, comme si cela lui rappelait un souvenir lointain, bien avant ma naissance. Je n'ose pas demander quoi, tellement j'ai du mal à imaginer des fleurs autre part que sur des assiettes clouées au mur dans la vie de ma grand-mère. Le temps que j'enfile quelque chose de sec, les magnolias ont été coupés et mis dans un des grands verres qui me sert d'ordinaire pour mes jus d'orange pétillants. « Apporte-lui, et bavarde un peu, ça lui fera plaisir. » Je marche avec précaution, pour ne pas faire tomber une goutte d'eau sur le parquet, plus par jeu que par réelle maniaquerie, ou l'inverse, puis je frappe à la porte et sans attendre la réponse, j'ouvre avec la détermination d'un acteur qui doit faire sa scène. J'ai alors parfaitement conscience du personnage que j'incarne. Dix ans, des dents de lapin, de grandes boucles noires et de longs cils, des taches de rousseur autour du nez, des manières timides, des vêtements sages, un petit bouquet de magnolias à la main. Je suis la vie. Ma tante fume en écoutant la radio, accoudée au bureau dans lequel j'ai fouillé quelques jours plus tôt. Pas exactement accoudée, plutôt comme un accoudement qui se serait affaissé avec le temps. Elle est éboulée sur son bureau, sa tête soutenue par la paume de sa main gauche, le buste projeté en avant, son bras droit comme oublié dans le vide se termine par un mégot éteint. On dirait qu'elle lit, mais il n'y a devant elle que le transistor qui diffuse un vieux tube déprimant. Elle se retourne, regarde un instant à travers moi en écarquillant les yeux, ce qui a pour effet d'étirer son visage, d'en déployer toute la laideur, les poils noirs sur sa lèvre supérieure et son menton, le teint gris, son gros nez en patate, son casque de cheveux plats et son cou brûlé au troisième degré tendu dans un spasme par sa mâchoire rétractée. Puis elle atterrit en elle-même et me sourit de toute la pourriture de ses dents. Un sourire franc, total qui n'est pas seulement la joie de me voir, mais la joie de redécouvrir mon existence. Si quelqu'un arrivait à faire pousser une rose dans le désert, il la regarderait ainsi. « Oh c'est toi », crie-t-elle bien au-dessus du volume nécessaire, de sa voix grasse et elle s'avance sans vraiment se lever pour déposer deux bises humides et bruyantes sur mes joues, renversant dans sa brusquerie une partie de l'eau des magnolias sur mon short. Voilà ma tâche compliquée par cette sensation sur la figure, cette bave qui commence déjà à sécher et que je voudrais laver à grande eau, mais qu'il serait indélicat même d'essuyer discrètement du revers de la main. Je lui tends les fleurs qui la rendent encore plus heureuse, parce que ce n'est pas souvent qu'on lui offre des fleurs, c'est même jamais. Enfin si, elle avait un ami qui lui en offrait mais il est mort, elle ne devrait pas me raconter tout ça, mais il est mort d'un cancer du poumon. Il fumait trop. « Enfin c'est pas officiellement, me dit-elle, parce qu'il m'avait dit un jour que s'il lui arrivait quelque chose, de téléphoner à son frère, il m'avait même donné le numéro, mais je l'ai égaré et c'est maman qui l'a cherché dans l'annuaire pour me le retrouver. » Elle sourit, mais je vois bien qu'elle fait défiler des images noires dans sa tête. Ça dure un petit moment et puis son regard revient dans la chambre, elle fait rouler ses yeux aux quatre coins de la pièce et finit par tomber sur le bouquet de magnolias. Alors elle se tourne vers moi et reprend « Toi en tout cas t'es gentil, de venir me voir c'est gentil, parce que parfois même la radio – elle soulève son transistor –, par moments, j'en ai marre de tout, je me dis qu'il vaudrait mieux, enfin je veux pas non plus trop dire ça sert à rien, tu comprends ce que je veux dire ? Tu devines un peu ? Ben oui on a envie de, on a plus envie de vivre quoi, ben c'est normal. » Elle avale sa salive en faisant un bruit et ça réactive la sensation sur mes joues. Je suis incapable de bouger, j'attends la suite, bien que je sache déjà ce qu'elle va dire et que je sais très bien que ça va me remettre en colère comme à chaque fois. « Je devrais pas te dire ça à toi, surtout à cause, mais c'est ce que je ressens, hein, tu me comprends toi, avec toi je sens que je peux parler, on se ressemble, pas juste parce qu'on est de la même famille, même si bien sûr quand même ça compte, si ça compte. » Voilà. Elle n'a pas pu s'empêcher. Je voudrais lui dire que je n'ai rien à voir avec elle, qu'elle n'a pas la moindre idée de qui je suis, pas la moindre, et que ce qui est certain c'est que je ne suis pas comme elle avec ses goûts de chiotte et son odeur infecte. Je voudrais lui hurler dessus de me laisser tranquille, lui expliquer que si je pouvais je serais à des centaines de kilomètres d'ici, ou juste à un kilomètre d'ailleurs, dans la maison de Baptiste en train de vivre avec des gens normaux et raffinés qui font autre chose que de fumer dans un placard. Et que ça m'étonnerait vraiment qu'ils m'invitent à dormir si j'étais comme elle et que jamais Baptiste ne m'aurait parlé si j'avais pué comme elle pue. Mais à la place je m'assois doucement sur le bord du lit, et je lui réponds que oui, ça compte bien sûr, la famille c'est important. « La famille ? », elle me répond étonnée, comme si je venais de jeter cette idée incongrue dans la discussion. « La famille je sais pas. Pour mon père comme il est mort depuis longtemps je sais pas, je l'ai pas bien connu. Si je l'ai quand même pas mal connu quand même. Il était, oui il s'énervait facilement, ton père a de qui tenir (elle rit). Mais pour une femme ce qui est important c'est l'amour. C'est pas pour rien qu'on dit que sans amour une femme ne peut pas vivre, même dans les films, on voit bien que les femmes et les hommes… » Elle soupire. « Oh y'en avait d'autres, avec qui j'aurais dû nouer des trucs amoureux et où j'ai pas su, enfin. » Elle a pris un cigarillo qui fumait dans le cendrier, si bien qu'elle a maintenant un mégot dans sa main droite tandis qu'elle fume de la gauche. Ce qu'elle fait d'une manière très particulière, les doigts tendus, le cigarillo entre le majeur et l'annulaire. Son visage est recouvert par les persiennes de ses doigts et elle aspire bruyamment sans réellement parvenir à faire rougeoyer le bout incandescent. Je la regarde parler en essayant de ne pas trop ingérer l'air vicié de la pièce, grâce à mon système de microrespiration. De la cendre est tombée sur sa chemise XL qui recouvre tant bien que mal ce qui doit être un gros ventre et des seins mous. Elle secoue le tissu et elle rit. Elle rit comme pour s'excuser de me raconter tout ça et aussi parce qu'elle est sincèrement heureuse d'être avec moi. Elle rit parce qu'elle veut m'offrir tout ce qu'elle possède de joie. Je le vois bien et je voudrais sourire pour lui faire plaisir, mais une pensée vient me distraire. Une pensée si affreuse que je ne peux plus me l'ôter de l'esprit. Quelque chose d'irréparable. Et si j'avais oublié de tirer la chasse le jour où j'ai dormi chez Baptiste ? C'est absurde, mais maintenant que le doute est là, je ne vois pas comment le dissiper. Je me souviens parfaitement avoir été aux toilettes, avoir regardé les images d'un magazine, et puis après je ne sais plus, Baptiste m'a appelé, je suis descendu, je n'y ai plus pensé. Si ça se trouve c'est la dernière image que Baptiste aura eue de moi. Et je ne le saurai jamais.

10

Le Grum

Elle porte un chandail noir sur une robe orange à fleurs blanches. C'est une blouse plutôt qu'une robe avec une encolure assez profonde en V, si bien qu'on voit la peau de son cou, épaisse, veineuse et ridée comme celle de ses mains. Elle fait la vaisselle et je me dis que ma grand-mère a toujours les mains dans l'eau. Elle a des chaussettes bleues ou grises, assez hautes, enfoncées dans des sandales en plastique. Est-ce que ma grand-mère ressemble à une femme de ménage ? Est-ce qu'une femme de ménage porterait des lunettes fumées ? Je la regarde, assis sur un tabouret. Je ne fais rien. Bientôt ça l'agacera. Que je la regarde comme ça, que je ne fasse rien. Elle me chassera comme une mouche, d'un claquement de langue. Mais je peux encore étirer le moment, l'observer, à condition de ne pas faire trop de bruit. C'est ma manière à moi de l'aimer. Une manière de chien. Ça me suffit parfois, c'est même une sorte de bonheur. S'il n'y avait que nous, que nous deux sur Terre, ça m'irait, ça sonnerait juste, ce serait même assez beau. Je la regarderais promener son transistor d'un espace à l'autre et se mettre à l'ouvrage dans un labyrinthe infini où chaque pièce de l'appartement ouvrirait sur la suivante. Qu'elle plie le linge ou qu'elle repasse, la sensation est la même que lorsqu'elle me lave. Une rivière somnolente s'écoule le long de ma nuque. Magie de ses mains. Je ne connais pas de spectacle plus mélancolique que celui de ses mains. Profitant de sa sieste, je glisse mes doigts le long du paysage escarpé des veines qui irriguent le champ de taches brunes de sa peau fanée. Des veines offertes, à découvert, que j'essaye de pincer entre deux doigts de peau fine mais qui s'échappent sans cesse, roulantes et fragiles. Effrayantes de fragilité. Il y a le corps solide de ma grand-mère, ses postures d'écorce et puis il y a ses mains, feuilles tremblantes et vérolées par lesquelles la mort exprime tout son génie. Alors qu'elle écosse en silence, j'imagine sous la blouse les seins exsangues aperçus dans le miroir, les seins séchés, aspirés du dedans par la gloutonnerie braillarde des enfants de la guerre, les seins vidés par la fatigue. Est-ce que ses fesses aussi sont vides ? Est-ce que moi aussi, un jour, je serai vide ? Arrête avec ton genou. Ça y est, je l'agace. Comme quand je dis ça me gratte au lieu de ça me démange. Tu n'as rien à faire ? Le garçon n'est pas là ? Le garçon, c'est Baptiste, mais ça ne l'intéresse pas. Moi non plus d'ailleurs, aujourd'hui il ne m'intéresse pas. Légère indifférence. Je veux plier du linge à la maison. Que ma grand-mère me raconte son arrivée à Paris, gare de l'Est, quand sa cousine a oublié de venir la chercher, qu'elle me redise la nuit où elle a cru que c'était fini à cause des voix des soldats en allemand dans la pénombre juste après les barbelés à la frontière, mais que c'étaient des soldats suisses et que ça voulait dire qu'ils étaient sauvés. Je veux qu'elle me reparle de la polenta qu'ils mangeaient dans le camp de réfugiés et de la coqueluche qui a failli emporter mon père. De monsieur Dupont – il faut toujours dire merci monsieur Dupont – parce que c'est lui le commissaire qui a dissuadé mon grand-père de se déclarer. Qu'elle redise son frère, à elle, tombé sous les balles allemandes, abattu avec sa femme et son fils quelque part aux confins de la Pologne. Je veux qu'elle me roule dans ses souvenirs en repassant des mouchoirs qu'elle glissera ensuite dans sa manche. Plus c'est cruel, mieux c'est. Et puis la faire rire aussi. C'est incroyable quand je la fais rire, c'est un dépaysement. Comme cette fois où des cousins sont venus nous rendre visite d'Israël et qu'elle a bu et qu'elle a ri. Jamais je n'avais vu ça. Le plateau chinois, les petits verres à brandy, tout ce qui dort habituellement dans les vitrines de la salle à manger ; soudain utile. Et le cou de ma grand-mère se renversant tandis qu'elle riait. Il y a une photo de cet après-midi-là. Hideuse comme toutes celles qu'elle prend. Dessus on ressemble à des pauvres. Entassés sur un vieux sofa en velours vert ou rouge, l'air gêné, on dirait des étrangers. C'est pareil quand elle me photographie dans le jardin du Luxembourg ou sur le balcon. Toujours avec des grilles derrière moi. Les photos de ma grand-mère font honte. Elles n'ont rien à voir avec celles des autres, on les dirait prises avant, ailleurs, toujours au crépuscule de novembre. Avec mes habits achetés chez C&A, mes cheveux trop épais, trop bouclés, mes dents de lapins et ma tante, qui bave dans un coin entre deux assiettes clouées au mur. Ses préférées atterrissent dans des cadres dorés qui abritaient jadis des parents oubliés et qui donnent l'air à tout le monde d'être morts. Moi, enfant courant sur la plage en ciré jaune, mort. Ma tante, assise à la table du balcon à côté de la gouttière, morte. D'autres gens, dont je n'ai pas envie de parler, morts. Et bien sûr le grand-père, d'autant plus mort qu'il est vraiment mort, hantant chaque pièce de son regard soucieux. Cet homme dont le corps est pour moi ce meuble en fer de la salle du téléphone dans lequel faisandent quelques microfilms indéchiffrables et de vieux dossiers couverts d'une écriture microscopique. Personne ne parle jamais de lui, sauf ma tante qui dit parfois « papa ». D'abord je doute toujours, est-ce qu'elle parle de mon père ? Et quand je comprends que non, c'est du sien, alors je peine à imaginer cet étrange attelage, vivant à tu et à toi dans l'appartement de Paris. Les enfants à l'assaut du lit parental, aux premiers rayons du dimanche, se faufilant sous les draps dans le giron familial. « Giron », ce mot étrange qui me fait penser à un grand oiseau et dont j'imagine qu'il parle d'amour, de tendresse et de baisers joyeux. Ce mot qui ne leur va pas, comme celui d'« enfant », incompatible avec ces deux zombies que sont ma tante et mon père. Chez nous, il n'y a pas plus d'enfants que de giron. Il n'y a que des survivants qui errent parmi les fantômes. C'est bientôt l'heure du déjeuner qu'on prendra finalement en silence en écoutant le Jeu des mille francs. Ma tante restera dans sa chambre, elle ne se sent pas bien. En réalité, je sais parfaitement qu'elle est contrariée à cause du diabolo. Ce matin, j'ai voulu lui emprunter le diabolo vert qui est dans l'armoire à côté de son lit parmi d'autres objets figés dans le ciment de sa jeunesse. Inutile de dire que je ne l'ai jamais vue s'en servir. Quand je suis entré elle fredonnait une chanson triste à son bureau derrière un épais voile de cigarillos, les jambes nues recouvertes de poils très noirs. Il fallait faire de gros efforts pour ne pas regarder et ne pas trop aspirer d'air non plus. Comme j'étais de bonne humeur, j'ai fait simplement, normalement, j'ai juste demandé : « Est-ce que tu peux me prêter ton diabolo ? » Elle s'est mise en colère en me déclarant que je ne devais pas fouiller dans son placard, ce qui m'a paru très étrange, vu que je passe précisément mon été à fouiller dans les placards de la Villa. Par ailleurs, m'a-t-elle informé alors que la cendre de son cigarillo devenue immense tremblait sur le cigarillo lui-même, devenu minuscule, il se pourrait très bien qu'elle aille cette semaine faire du diabolo sur la plage. Je l'ai regardée en souriant, parce que je ne voulais pas que les battements de mon cœur m'entraînent dans le tempo de la colère et j'ai pris une grande bouffée d'air au risque de l'asphyxie. « D'accord », j'ai dit en décalant mon regard derrière elle, loin dans les nuages par la fenêtre, pour y faire exploser quelque chose d'imaginaire. Je suis sorti de la chambre en me jurant que son diabolo, elle pouvait faire une croix dessus, parce qu'à la première occasion, quand elle sera morte par exemple, je m'en ferai une lampe de chevet. Au moins ça nous évite un repas à l'entendre aspirer son potage avec des bruits de cochon. Voilà ce que je me dis en mettant la table, avec quand même un couvert pour elle, parce que ma grand-mère va bientôt me demander d'aller la voir, de lui demander gentiment si elle ne veut pas se joindre à nous finalement. Mais je choisis pour elle le verre dépareillé, le couteau qui a du noir sur la lame et l'assiette à l'émail le plus fatigué. Je pratique l'art de la nuisance invisible, de la minipunition. C'est le Grum. La science occulte que j'ai mise au point pour séparer son monde du mien et qui demande une attention de tous les instants. Toujours choisir le meilleur pour moi et ma grand-mère et pour elle le Grum : le fruit taché de pourriture, la serviette laide qui restée trop longtemps dans le tambour de la machine en a conservé l'odeur de moisi, le verre sur lequel est collée de la pulpe séchée d'orange. Le Grum organise des espaces distincts dans lesquels il fait œuvre de maléfice par la grâce du pourrissement. Mais ce midi, seul avec ma grand-mère je pourrai laisser défiler mes pensées sans malice et sans Grum. Manger la soupe en écoutant la radio battre la mesure du temps, indifférent au monde qu'elle raconte. Je veux le rien, l'habituel, le calme. Assis seul à table comme un prince, jouir du spectacle des allées et venues de ma grand-mère, de la cuisine à la salle à manger. Apportant le plat dont j'ai regardé la préparation avec nonchalance, se relevant pour chercher le sel, ou une carafe d'eau. Juste pour moi. Ne pas lui dire que j'aime pardessus tout le moment où debout à côté de mon assiette, elle découpe le jambon avec ses gros ciseaux de cuisine dans un bruit de tissus épais. Mais simplement demander plus de jambon pour qu'elle se relève, essuie ses mains sur son tablier et recommence cette comptine muette. Puis la laisser desservir en buvant du jus d'orange pétillant, les pieds ballants, les coudes sur la table en se disant que ce couple-là, le nôtre, est sans doute le plus heureux qu'elle ait jamais connu.

11

La plage

Ce matin, la pensée noire est revenue. Elle s'est invitée dans la chaleur du lit, profitant de la brume du réveil. Je me disais « peut-être un jour avec Baptiste », et voilà que je me suis souvenu. Un jour il faudra aller au service militaire. Endurer la médiocrité d'un vestiaire pour des centaines de jours. *Des coups de pied balayettes*. Totalement à la merci des garçons. *Il sort sa bite*. Sans une mère à dix kilomètres à la ronde. *Des farces bêtes et destructrices*. Des garçons qui mesurent leur force en écrasant les plus faibles. *Des aisselles, des torses, des sexes, juste pour humilier*. La violence comme règle du jeu. *Ils vous réveillent la nuit*. Pas de chambre à soi, pas de salle de bains, des douches communes et des dortoirs. *On vous crache dessus*. Nulle part où se cacher parmi les sentinelles. *L'adulte fait mine de ne rien voir*. Il y aura des cris, des rires forts, des provocations. *Il y a écrit pédé sur votre casier.* Il faut qu'il y ait un Baptiste au service militaire, et même ça, je ne suis pas sûr que ça suffira. Pourvu qu'il y en ait un quand même. Ou mieux, se faire réformer. Mais les gens dans les bureaux ne m'aiment pas, les médecins ne m'aiment pas, les dames de service à l'école ne m'aiment pas. Quelque chose en moi agace. Je n'ose pas en parler avec Baptiste, parce qu'il ne comprendrait pas, il lèverait le sourcil, l'œil rond comme quand il ne voit pas du tout ce que je veux dire. Et puis il finirait par trouver que j'ai peur de tout. À quoi bon « tout », puisque au bout ce sera le service militaire ? Ce qu'il y a après, la liberté, je ne le vois pas, parce que l'uniforme fait barrage à ma foi dans l'avenir. Il se tient dressé entre moi et l'âge adulte, comme une humiliation qui me paraît si grande que je ne sais pas si je pourrai m'en relever. Aucun bonheur présent ne saurait résister à cet horizon. Ça excite les méduses, leurs voix qui commentent désordonnées, la cacophonie molle dans la tête, comme une bande magnétique qu'on passerait légèrement ralentie, comme quinze bandes magnétiques au ralenti en même temps. Ça donne la nausée, ça empêche de trouver des solutions. De toute manière il faut partir à la plage. Ma tante a envie de voir la mer. Peut-être même de se baigner. Il fallait bien que ça arrive. Que ça arrive aujourd'hui. Savoir que je vais être vu sur la plage avec elle me fait comme un masque chaud sur le visage. La colère monte. J'en ai tellement ras le bol de la vie que j'invective Dieu, vas-y acharne-toi Dieu, détruis-moi puisque apparemment tu n'as rien de plus urgent à faire sur la Terre. Je me prépare le plus lentement possible pour me calmer, le moindre accroc, la moindre maladresse, peut tout faire dégénérer. Le bouchon du dentifrice qui ne se rebouche pas libère la rage, et puisqu'il veut me faire du mal qu'il m'en fasse vraiment, je me l'enfonce sur le dessus de la main le plus fort possible, je voudrais le sang, les dents si serrées qu'elles grincent. Je me sens impuissant, acculé, je déteste tout de mon existence, je veux me griffer les joues, mais après ça se verra et qu'est-ce que je dirai à ma grand-mère. Alors j'attaque le poignet, là où la peau est tendre, j'enfonce l'ongle le plus fort possible en insultant Dieu qui avait besoin de faire la plus belle journée de soleil de tout l'été aujourd'hui, Dieu que ça fait rire de donner envie à ma tante d'aller s'échouer sur le sable aujourd'hui. Je ne sais même pas ce qui m'a fait croire une seconde que j'allais être heureux cet été, que ça allait être différent, que Baptiste allait devenir mon ami. Je me suis couvert de ridicule à l'imiter. Et toutes mes petites mièvreries en pensant à lui, ça aussi t'as dû bien rigoler Dieu. Et le pire c'est qu'elle est contente, elle chantonne une de ses chansons dégueulasses, «qui saura, qui saura, qui saura». Tout le monde saura bientôt à quoi ressemblent vraiment les gens dans cette famille. Sur le sol de l'entrée je ramasse lentement les nattes et les serviettes, le petit fauteuil en fer de ma grand-mère, avec le tissu à grosses fleurs. Et ça aussi, c'est insupportable, ces fleurs marron partout, tout le temps: les blouses à fleurs, les chemises à fleurs, les serviettes à fleurs, cet enthousiasme textile absurde. C'est horrible, je suis exactement comme elle, la même colère. Tout mais pas comme elle, pas comme elle, pas comme elle, j'ai les larmes aux yeux, des méduses plein la tête. Prête pour sortir, ma grand-mère me tend un ballon que je n'ai jamais vu. Un ballon qu'elle a dû acheter à la Coop ce matin et qui me calme un peu, parce que mon Dieu, mais c'est absurde un ballon, j'en rirais presque, tellement je n'ai pas la moindre idée de ce que je pourrais faire avec. Une vague de tendresse pour ma grand-mère me traverse, une vague fraîche qui vient calmer la fièvre. Je me concentre sur ce ballon blanc de la taille d'un pamplemousse avec ses pentagones noirs parfaitement dessinés. Un motif simple, apaisant, pas une fleur à l'horizon. Peut-être que si je ne pense plus qu'à ce ballon je vais me calmer. Je suis vidé d'un coup, comme après les larmes. Alors je me laisse porter. Suivre le ballon jusqu'à la plage. Qu'elle est belle ma grand-mère dans la rue, ses cheveux courts dans le vent, une natte coincée sous le bras, gilet de laine noir sur blouse bucolique orange, tenant le ballon à deux mains, une dessus, une dessous, comme si elle avait la garde de la Terre. Derrière elle une grosse folle et un enfant. Elle tient notre monde entre ses doigts épais. Dommage que je ne puisse le lui dire, parce que je suis trop occupé à projeter ma haine sur ma tante qui trotte derrière nous sa puanteur en soufflant comme une otarie. Il n'y a que la rue à descendre pour aller à la plage, cent mètres à peine, qui me semblent durer l'éternité d'une fanfare. Au bout, la mer et rien qu'un parasol (à fleurs) pour se cacher. Je me dis que peut-être si je retiens ma respiration, disons jusqu'au passage piéton, peut-être elle n'aura plus le courage de venir avec nous. C'est déjà arrivé, ça arrive même souvent, elle dit « je suis pas bien, j'ai pas le courage, je vais rentrer » et elle retourne fumer chez elle. Ça m'énerve toujours parce que franchement, qui n'a pas le courage d'aller au parc ou faire des courses, ou d'aller déjeuner chez les Rapp ? Ça m'énerve, parce qu'il y a un tout petit fil, très fragile, tendu à l'intérieur de moi, un fil invisible que je ne sens pas, mais dont je sais que si un jour il casse, si à force de colère, d'ongles plantés dans les poignets, de désespoir, je le casse, alors moi non plus je n'aurai plus le courage et ça je ne veux surtout pas y penser. Je ne veux pas penser à ces après-midi que je passe immobile, en microrespiration, quand le salon vide de la Villa devient le temps, que je sais que le temps ne bougera plus tant que je serai assis sur le canapé à prendre la poussière, en regardant du coin de l'œil ce numéro de *Picsou Magazine* que je lis depuis toujours, mais dans lequel je trouve chaque fois de nouvelles histoires que je n'ai pas envie de lire, que je n'ai pas le courage de lire, comme je n'ai pas le courage de me lever, parce qu'il n'y a rien à faire. À part rester les yeux écarquillés à regarder devant moi. Mais voilà que mes pieds sont sur le sable, que j'ai ôté mes tongs et que mes orteils s'enfoncent dans le sable mou et tiède et qu'elle est toujours là. Qu'elle trouve le courage de s'affaler sur une natte avec des airs de jeune fille et d'enlever short et chemise pour que chatoie le vert injure d'un maillot de bain une pièce qui la rend absolument incontournable aux yeux des vacanciers. Alors que je quitte moi-même mes vêtements, en respirant par la bouche, je regarde le corps de ma tante. Ce corps toujours drapé d'amples chemises débraillées à motifs graphiques. Qui n'est pas un corps de femme, mais un corps de fou. Déformé. Un corps sans soin, sans amour, couvert de poils et de honte, gros, abandonné à sa tristesse. Je regarde son cou brûlé, la peau fondue du menton aux seins, les aisselles velues, comme les jambes, les plaques, les plaies du quotidien, les grains de beauté dont personne ne s'inquiète, les ongles de pieds immenses et jaunes, la peau craquelée par la sécheresse, marbrée par endroits, les poils frisés qui dépassent à l'entrejambe, infects. J'imagine mille puanteurs qui me soulèvent le cœur. Je ne pourrais pas passer de la crème sur ce corps-là, je ne pourrais même pas regarder ma tante étaler de la crème sur ce corps-là, ou pire manger les repas préparés des mains de ma grand-mère qui auraient oint cet épiderme. C'est à peine si je peux imaginer me baigner dans le même océan, dans la même mer, je sais déjà qu'il faudra aller loin de là où ma tante sera en train d'infuser sa monstruosité dans les eaux de la Manche. Mais un péril plus grave que les effluves de la folie me guette alors que ma grand-mère vient d'allumer son transistor pour donner du volume à notre présence. Baptiste. Le regard de Baptiste dans lequel se confondra bientôt l'image de ma tante avec la mienne en une même flaque de dégoût. Baptiste dont la silhouette tremble déjà au loin. À peine déshabillé, je cours vers lui en me demandant combien de sable il faut pour faire une dune et combien de dunes sont nécessaires pour faire barrage à la honte. Mais Baptiste se fiche bien de savoir d'où je viens, Baptiste n'a d'yeux que pour les vagues. Je fais coucou de la main à sa mère qui me répond en agitant sa cigarette. Sa peau est dorée comme du pain et ses cheveux blonds sont retenus en arrière par un serre-tête noir, comme son maillot de bain deux pièces qui lui donne l'allure d'une star de cinéma. Le père et la sœur de Baptiste ne sont pas là « parce qu'ils sont à la tapisserie de Bayeux », m'explique Baptiste, une immense broderie large comme un TGV qui raconte l'histoire de Guillaume le Conquérant. Baptiste adore les histoires du Moyen Âge, il connaît plein de choses sur Clovis et les Francs et je n'ose pas lui dire que ces gens-là m'inspirent un ennui aussi profond que la mer dans laquelle je gigote en le suivant. Lui brûle de me montrer quelque chose près de la bouée balise, petite île flottante sur laquelle il aime se jucher pour observer le monde. Amarré de la sorte, à califourchon sur son plot de plastique,

Baptiste se balance tandis que je nage autour de lui, que je fais la planche, et qu'on bavarde avant d'échanger nos places pour souffler un peu, même si je n'aime pas trop l'idée de cette chaîne clouée au fond gelé de la mer. « Je te jure regarde bien, dit Baptiste, en agitant sa paire de lunettes de piscine, c'est à côté du rocher chevelu. » Je plonge la tête la première. Ce petit coin de mer, je le connais par cœur. La bouée c'est notre cabane à nous. Les parents de Baptiste nous voient, ce qui les rassure, mais ne peuvent pas nous entendre, ce qui nous arrange. Et puis la sœur de Baptiste ne sait pas nager si loin, alors Baptiste trouve qu'on est tranquilles. C'est là que se tiennent la plupart de nos conciliabules, rythmés par nos explorations des fonds marins. Ce matin, avant mon arrivée, Baptiste a vu une raie, probablement une raie manta, camouflée dans le sable qui tapisse le sol à trois mètres sous nos pieds. En même temps, même avec les lunettes de Baptiste, il fait sombre et pour peu qu'il y ait un peu de vent, on n'y voit plus rien du tout. Qu'importe, ou même tant mieux. Nos trésors ont plus de valeur dans la pénombre. Une raie, ça serait quelque chose. Quand Baptiste est là-haut sur sa bouée, qu'il surveille la mer pour moi, qu'il me protège, alors il est merveilleux de voler sous la mer, affranchi de la gravité, battant des poings au ralenti à la manière de mes idoles bioniques. Mon monde sous-marin ne connaît pas la rage. J'y suis souverain. Comme mes mouvements, ma pensée est amortie par la masse fluide des eaux. Comme mon corps, mes idées sont légères et gracieuses. J'étouffe le monde du dehors le temps d'épuiser l'oxygène emprisonné à la hâte dans mes poumons. C'est le moment pour un crabe de s'abriter sous un caillou, ou de saisir le ballet craintif d'un banc de poissons qui s'écarte. La faune sous-marine se dérobe à mon passage et j'aime sa timidité. Elle me convient. Comme je les comprends ceux qui s'enterrent dans le sable au moindre bruit, ceux qui préfèrent la solitude glaciale des pierres au feu d'une rencontre, ceux qui s'observent de loin, du coin de l'œil. Ce dessin dans le sable, est-ce la raie manta de Baptiste, aplatie et immobile ? Il me semble qu'un mouvement de nageoire vient de trahir sa présence en provoquant un minuscule nuage de poussière. Il faut déjà remonter mais je sais que ça suffira. Pas besoin d'histoires de raie ondulant sa robe ou dévorant un poisson-chat pour intéresser Baptiste. La vérité le passionne bien assez. Du haut de sa bouée mon ami a mille questions. Il veut tout savoir de mes vingt secondes d'expédition. Mais aussi qui est cette dame qui avance avec ma grand-mère vers le bord de la plage. Je me retourne. Elles sont là toutes les deux, sur le rivage, à cinquante mètres à peine, parfaitement visibles, mais Dieu merci inaudibles. Elles claudiquent sur cette petite bande de coquilles vides charriées par la marée sur le sable. Cette ligne qui croustille quand on marche dessus avec les chaussures en plastique, mais qui peut vous couper les pieds s'ils sont nus. Je les regarde, moi aussi, et j'aimerais les voir comme Baptiste, avec curiosité, avec indifférence. Pourquoi pas avec amusement. Mais pour moi rien n'est amusant dans ces deux grosses silhouettes affublées de maillots de bain mal ajustés, parce que c'est leur sang qui coule dans mes veines et que sa toxicité m'effraie. « C'est ma tante, je balbutie, elle est arrivée il y a quelques jours. » « Et ses enfants ils sont où ? », demande Baptiste. « Elle n'en a pas. » « Et son mari ? » « Elle n'en a pas. » Baptiste incline très légèrement le visage, comme on le fait quand on découvre une nouvelle espèce pour la première fois. « D'accord », dit-il. Et puis deux ou trois vagues après, « Elle a l'air gentille ». Alors qu'il saute dans l'eau et que je grimpe sur la bouée balise à sa place, je ricane gêné. « Gentille », quel drôle de qualificatif pour ma tante. C'est Baptiste qui est gentil d'avoir mis fin à l'interrogatoire et d'être parti nager pour passer à autre chose. Alors qu'il plonge et replonge en parlant à un équipage imaginaire, je réponds d'une main inquiète aux moulinets de bras de ma tante qui avance dans l'eau, manifestement décidée à me rejoindre. En quelques brasses laborieuses mais étonnamment puissantes, la voici à mi-chemin entre la plage et la bouée. Elle a encore pied et se tient debout, de l'eau jusqu'au cou. Et elle rit, elle rit en ma direction en criant mon prénom très fort. Si bien que je l'entends un peu, mais que les gens de la plage doivent l'entendre beaucoup. Cela me gêne abominablement, c'est même ce que je craignais le plus. Cette présentation publique de moi, assis à califourchon sur la bouée jaune ou rouge, par cette grosse sirène hideuse. « C'est froid », elle me crie et elle rit et elle rit, comme la petite sœur de Baptiste en fin d'après-midi quand elle est tellement excitée et joyeuse qu'on sait qu'elle va bientôt pleurer. Et son rire gras et sonore me désigne, offert à la vue de tous les vacanciers dont j'imagine le regard passer d'elle à moi, laissant leurs pensées les traverser comme le vent doux de cette fin de matinée. « Pauvre gosse, tiens, tout seul sur sa bouée, elle est bizarre sa mère, ah oui c'est vrai ça elle est bizarre, pourquoi elle crie comme ça elle est demeurée », puis cherchant sur la plage et ne voyant pas qui pourrait être le père, imaginant peut-être cette dame m'attendant à la sortie de l'école à l'heure des mamans, « quelle drôle de famille », se rappelant soudain la leur, heureux de ne pas être nous, rassurés par notre étrangeté. Maintenant Baptiste aussi la regarde. Il s'est arrêté de nager et l'observe en faisant du surplace avec ses jambes. Je voudrais qu'elle parte, lui dire c'est bon je t'ai vue, tout le monde t'a vue, tu peux retourner à ta place merci. Mais elle semble bien décidée à venir jusqu'à moi et ma gêne se transforme en peur pour elle quand je comprends que la course aussi minime soit-elle est complètement au-dessus de ses forces. Elle est trop agitée maintenant ou trop consciente des regards sur elle, du mien en tout cas. Ses gestes sont désordonnés et son souffle bien trop court. Je n'ose même pas imaginer l'humiliation si elle se noie. Dans la zone de baignade en plus, alors qu'on y a pied presque tout le temps. Et cette certitude, que je ne bougerai pas si elle coule et que ça fait de moi un monstre. Elle essaye encore de nager, tousse, tousse tellement qu'elle finit par avaler de l'eau et se met à tousser de plus belle, reprend sa brasse mais cette fois dans la direction opposée. Puis, trouvant appui sur le sol, elle se relève et se racle la gorge très fort, la zone entre le nez et la gorge, comme elle le fait le matin, ce qui me dégoûte affreusement. Elle fait ça et elle crache, « c'est à cause des cigarillos », dit ma grand-mère quand elle voit ma mine dépitée. Mais là, elle n'est pas devant le lavabo de la salle de bains, mais sur la plage Jean Mermoz avec de l'eau jusqu'à la taille et elle racle, deux, trois, quatre fois, comme si elle allait vomir. Je la regarde, effaré. Si j'avais voulu mettre en scène ma propre disgrâce devant Baptiste, je n'aurais pas pu imaginer mieux. Autour d'elle, les enfants qui jouaient se sont écartés, comme le jour où il y avait un poisson mort qui flottait le ventre à l'air et que personne ne voulait s'en approcher pour le ramasser. Elle est courbée en avant et les gens la regardent inquiets, même ceux qui ne l'avaient pas remarquée, et même ma grand-mère retournée à sa lecture a levé les yeux. Mais le danger est passé et ma tante marche maintenant comme un soldat de la guerre du Viêt-Nam qui traverse une rivière, l'œil épuisé, se parlant à elle-même, racontant dans sa barbe ce qui vient de lui arriver, titubant jusqu'à ma grand-mère qui lui tend la gourde verte ou bleue qu'elle a remplie avant de partir. Et à ce moment-là, ma seule pensée est qu'il faudra bien faire attention à ne pas boire dedans aujourd'hui. Puis immédiatement je tourne le visage vers le parasol où se trouve la mère de Baptiste, mais la scène semble lui avoir totalement échappé. Elle lit sur le ventre, le dos tourné à la mer. Baptiste, lui, regarde la plage impassible, et sans me jeter un regard, remet ses lunettes de piscine qu'il avait soulevées sur son front et disparaît dans l'eau.

12

Les garçons

Rien ne m'est plus étranger qu'un garçon de mon âge. À cause sans doute de cette ressemblance supposée. Baptiste par exemple a toujours l'air de faire partie du décor. À tel point qu'à force de plage, sa peau semble faite du même grain que le sable. Les vacances lui vont bien. Il en épouse si aisément l'onde, qu'il me faut toujours un temps pour distinguer sa silhouette lorsque je le cherche dans la cohue. Il est le mouvement. Son corps met le monde en mouvement, alors que tout semble buter sur le mien. Il y a quelque chose en moi de pétrifié. Ça le fait rire d'ailleurs parce que je n'arrive à rien, ni à tenir sur une planche, ni à nager le crawl, ni à faire la roue. Tout ce qui va trop vite m'effraie. Mais ce n'est pas ce qu'il peut faire et dont je suis incapable qui me fascine le plus. Ce qui fait de Baptiste un vrai garçon, un garçon exceptionnel, c'est qu'il n'a besoin de rien pour en être un. À moi, cela demande une concentration permanente. Je dois toujours bien penser à mettre une intention de garçon, de ce que j'imagine être un garçon, dans chaque phrase, chaque geste, chaque idée, parce que je vis dans la peur d'être démasqué et cette peur est d'autant plus difficile à maîtriser que je n'ai qu'une idée grossière de ce que doit dire, faire ou penser un vrai garçon. Baptiste, lui, n'a pas à s'en soucier. Il n'est pas comme ces idiots de l'école qui se rassurent dans la violence et la domination ou leurs valets qui leur prêtent allégeance en riant faux. L'autre jour sur la plage, deux types un peu plus vieux sont venus nous voir aux méduses et on voyait bien qu'ils essayaient de nous mettre au défi. Ils n'étaient pas venus pour jouer, mais pour vérifier auprès de nous que l'ordre masculin était bien respecté. Qu'ils étaient les plus forts, que nous étions les plus faibles et que cela nous désolait. Mais Baptiste n'était pas du tout désolé. Avec beaucoup de gentillesse, il leur a montré quelques rudiments de la dissection de méduse au bâton. Il faut dire que nous avions désormais une certaine expertise en la matière. Mais les deux garçons voulaient de la violence, voulaient s'assurer que nous aimions la violence. Alors l'un d'eux, celui qui me faisait le plus peur avec ses lèvres trop minces, a saisi le bâton des mains de Baptiste et a commencé à charcuter la pauvre bête avec une rage idiote en enfonçant la pointe de toutes ses forces, si bien que la méduse s'est tout à coup retrouvée embrochée. Il a soulevé le bâton et me l'a mise sous le nez, menaçant de me « passer à l'acide » ainsi que Baptiste et même son propre copain qui rigolait avec de la peur dans les yeux. J'étais incapable de bouger, de dire quoi que ce soit. J'étais tout à lui, offert à sa cruauté, dans l'attente du châtiment. Baptiste en revanche ne semblait pas du tout emballé par l'idée d'être le jouet d'un autre gamin, et il a commencé à crier avec une voix aiguë : « Eh oh mais c'est pas la boucherie Sanzot ici ! Il est malade lui, une méduse ça se tue avec tendresse. » Il avait les mains sur les hanches dans une attitude outrée qui m'aurait horrifié, s'il s'était agi de moi. Mais Baptiste était Baptiste, il pouvait préférer le rose à toutes les autres couleurs, être doux et bienveillant, adorer jouer avec sa sœur sans que cela ne vienne jamais jeter le trouble sur son identité de petit garçon. Il était libre. Le type aux lèvres fines s'est mis à rire et a laissé tomber sa proie en disant : « Allez tiens je vous la laisse les filles », et lui et son camarade sont restés devant nous sans trop savoir quoi faire. On regardait tous les quatre le trou béant de la méduse quand Baptiste a conclu : « J'imagine que personne n'est cap d'en manger un bout ». Les deux gosses l'ont traité de dingue, se sont souvenus qu'ils avaient une partie de foot à terminer et nous ont laissés. Après leur départ, Baptiste est resté silencieux un moment. Il dessinait des cercles avec le bâton. Pas des dessins précis comme nous faisions souvent ou même un pendu, mais juste des cercles qui matérialisaient sur le sable la ronde de ses pensées. « Tu sais, je crois qu'on devrait arrêter avec les méduses, m'a-t-il dit d'un air très concentré, en regardant par terre, je crois qu'on devrait faire la paix avec les méduses. » J'avais la gorge un peu sèche et cela m'aurait bien soulagé de lui parler des conversations qu'elles avaient à notre propos, du fait que je les entendais parler dans ma tête. Mais ça faisait partie de ces trucs auxquels je ne pensais jamais en compagnie de Baptiste. Sa présence avait pour effet de rendre très flou un tas de choses qui me préoccupaient en son absence. Elles étaient toujours vraies, mais qu'est-ce qu'une vérité quand elle est si loin qu'on la distingue à peine. Qu'est-ce qui la différencie d'un songe ? Avant notre rencontre avec Baptiste, il m'arrivait d'aller me promener seul, du côté de la forêt. J'empruntais toujours exactement le même sentier, je m'arrêtais un moment au lavoir abandonné, assis sur un banc de pierre pour lire un peu. Puis je faisais une boucle pour rentrer en passant par le bunker. Ça me prenait une heure, deux heures, pas plus, pendant lesquelles j'étais seul, mais pas comme à la Villa, ni comme sur la plage. Seul et sans reproche, comme je me disais à moi-même. Je me sentais protégé sous les saules dont les racines serpentaient sur le sentier. Pourtant le soir, avant de m'endormir, absolument chaque soir qui suivait cette promenade, j'imaginais avoir été suivi. Je me revoyais, mais de dos, avec une présence sur mes pas. Il était clair que quelqu'un m'avait épié, m'avait traqué comme une proie. C'était une pensée épouvantable et même si j'étais désormais sauf, enroulé dans mon édredon, bercé par les ronflements de ma grand-mère dont le lit était à quelques pas du mien, je sentais que ce regard avait suffi, déjà, à me dérober quelque chose. L'angoisse que ce regard, que la menace de ce regard représentait, réveillait tous les fantômes de l'enfance. Et puis le lendemain, ou le jour suivant, je repartais faire la balade en sifflotant, sans que jamais ne m'effleure la crainte d'être suivi. Je lisais, allongé sur le lit de mousse du banc de pierre en mâchonnant un brin d'herbe, je jetais des cailloux dans le bunker pour entendre l'écho, je flânais dans une inconscience paisible qui n'était troublée que par l'angoisse de croiser une vache. Tout allait bien. Jusqu'au moment de dormir où la terreur d'avoir été suivi refaisait surface et donnait aux souvenirs de l'après-midi le goût du crime. Voilà à quoi je pensais pendant que Baptiste se repentait de sa cruauté envers les méduses. « Ma tante est folle tu sais. » J'ai dit ça sans vraiment m'en rendre compte, très lentement. Baptiste s'est tu, il attendait visiblement la suite. Comme ça ne venait pas, il a dit : « Ça se voit un peu », et très vite après il a dit que je pouvais venir dormir chez lui ce soir.

13

La messe

La pulpe du pouce longe le voile, suivant la ligne des cheveux, l'arrête du nez et la frontière ovale du visage. D'une caresse je déchiffre le profil de la Vierge Marie sur le relief froid du médaillon, tandis que Baptiste à genoux dans sa chambre m'apprend à prier. Il a fait filer la chaîne en or de son cou à ma main pour que je fasse officiellement connaissance avec cet éclat de lumière qui ne le quitte jamais. Même pour nager. Un pendentif qu'il embrasse parfois pour bousculer le destin avant une balle de match ou un plongeon, dans un geste d'autant plus délicat qu'il le fait sans savoir ce que cela provoque chez moi. Voilà maintenant l'idole sous mes yeux. Les siens sont sages, un peu las, comme celui d'une Marianne résignée. Ma première pensée est que la Vierge est un timbre triste. Mais déjà Baptiste m'invite à joindre les deux mains, index frôlant le nez (les doigts repliés sont à réserver aux cas les plus désespérés). Au creux de mes paumes serrées, la Vierge froide et coupante luit-elle encore ? Coudes sur le lit, les genoux à l'épreuve du parquet, je retiens ma respiration pour ne rien perdre du chuchotement de Baptiste dont le souffle ravive en moi le feu de la messe de ce matin. Un feu de braises rougeoyantes. J'ose à peine avaler ma salive de peur qu'il ne se lasse et cesse son petit catéchisme clandestin. Je quémande un dernier « Notre Père » pour qu'encore Baptiste m'enseigne. Pour l'entendre à nouveau murmurer « Jésus le fruit de vos entrailles, Délivrez-nous du mal » et l'ensorcelant « Pour des siècles et des siècles » qui me transporte au pied des pyramides. En prononçant ces mots, le prêtre avait les deux paumes levées vers le ciel. Et puis tout le monde s'est mis à me serrer la main avec des yeux pleins de joie en disant « La paix du Christ ». Baptiste m'a serré la main en disant « La paix du Christ » et ça paraissait vraiment solennel entre nous. Et puis la mère de Baptiste m'a serré la main, avec un regard qui voulait dire qu'elle m'aimait beaucoup. Et la dame de devant m'a serré la main aussi, avec la même chaleur, la même bienveillance, et aussi son mari et enfin un homme qui était à côté, mais un peu plus loin, dont je n'avais pas envie de toucher la main. J'ai regretté que ce soit lui le dernier, qu'il laisse son empreinte moite sur ma peau plutôt que la mère de Baptiste. Je n'ai pas osé me retourner pour dire « La paix du Christ » au rang derrière le mien comme cela semblait être l'usage. J'avais peur que mes voisins se détournent de ma main tendue parce qu'ils auraient vu sur mon visage, dans mes manières, que je n'avais rien à faire là. Plus certainement dans mon visage. Mais déjà, les gens se pressaient en file indienne pour ce dont Baptiste m'avait parlé. Pour l'hostie. Plusieurs fois, il avait mimé devant moi, à la plage, le moment de l'hostie en tirant légèrement la langue, genoux fléchis, et en levant les yeux au ciel dans un battement de cils, suggérant un érotisme qui m'avait troublé. Cette attente du moment où mon ami se lèverait, où l'église se lèverait tout entière pour recevoir le corps du Christ, avait ajouté une tension dramatique au soulèvement puissant que la messe offrait à mes sens. Le banc sur lequel je m'étais assis craquait comme la coque d'un vieux bateau et un garçon à peine plus âgé que moi balançait devant mes paupières alourdies un encensoir dont s'échappait une fumée épaisse et odorante. Je m'imaginais flottant moi aussi sous la pierre, cognant l'écho d'un « Méfiez-vous des scribes », prononcé d'une voix puissante par le prêtre. Enfin ce fut la procession. « Heureux les invités au festin de Dieu. » J'ai ignoré le coup de coude de Baptiste qui m'invitait à le suivre jusqu'à l'autel pour regarder le spectacle des fronts bénis et des hosties déposées directement sur la langue. De là où j'étais, il me fallait imaginer ce que je ne pouvais voir, puisque les croyants me tournaient quasiment le dos. L'une d'entre eux, une jeune fille avec des lunettes, reçut le corps du Christ à genoux. Puis ce fut le tour de Baptiste que j'avais peur de voir trébucher dans la nef ou s'étrangler avec l'hostie. Mais il reçut le corps du Christ avec aisance. Esquissant même une moue satisfaite qui me l'a rendu brièvement antipathique. La même bouche molle que le garçon David, le jour de la bar-mitsvah. C'était au tout début, alors que je venais de m'installer dans l'appartement qu'occupait mon père. L'époque où je le suivais d'une pièce à l'autre sans un bruit, celle des coussins gris et des siestes en boule au bout du lit sur lequel il lisait indéfiniment. Acceptant tout, le silence et les mauvaises manières, la puanteur des cigarillos et l'indifférence, comme les points cardinaux d'un nouveau monde dont il était le cœur glacé. Un jour il me fait monter au quatrième étage d'un immeuble cossu, sort deux kippas de sa poche, m'en colle une sur la tête et sonne. L'instant d'après, me voilà projeté dans la foule et les violons. Il y a des enfants en costume et des grands-parents par dizaines. Beaucoup portent une kippa noire comme celle qui flotte à la cime de mes cheveux. Je m'étonne d'ailleurs de ce mot, « kippa », si familier alors que je ne me souviens pas l'avoir déjà entendu. Ces choses qu'on sait sans les avoir apprises. Kippa. Qui eût pensé qu'elle tiendrait si sagement sur ma tête ? Qui pour deviner qu'elle y ferait la lumière sur ces signes flous qui m'entourent ? Le voilà donc, ce monde englouti qui suinte entre les lames disjointes du parquet de chez ma grand-mère. Je traverse la pièce plusieurs fois en diagonale, me faufilant entre les chaises et les danseurs comme si je cherchais quelqu'un, m'arrimant finalement à un morceau de buffet pour me donner une contenance, remplissant de soda des verres que je ne bois pas. Mon père discute dans une autre pièce avec des hommes qui portent tous, comme lui, des boutons de manchettes sur des chemises sales. De guerre lasse, je m'assois sur une chaise pour observer. Il y a au centre de la fête une bande d'enfants joyeux et fiers, qui passent de bras en genoux, dont ils se dégagent pour aller jouer avec des cousins, piocher un énorme cornichon dans un bol puis danser frénétiquement sur des airs qu'ils connaissent par cœur. Je suis médusé par leur aisance, leur beauté et les regards gorgés d'espérance que portent sur eux les adultes. C'est donc ça le royaume de l'enfance. Parmi eux, rayonne le jeune prince qu'on est venu couronner. David. L'enfant pour lequel des hommes importants ont dû prendre leur voiture ou même l'avion, enfiler un costume, acheter un cadeau, monter quatre étages juste pour l'embrasser. Celui pour lequel les femmes ont cuisiné jusque tard dans la nuit ces biscuits gras, sorti de vieilles parures avant de marquer de leur rouge à lèvres vif les joues du dauphin irradiant de bonheur dans sa chemise blanche. Il a comme moi les cheveux bouclés, comme moi la peau pâle, comme moi les lèvres carmin. Mais David est une injure. Seul sur mon banc grinçant de l'église, les yeux au sol, j'ai cherché dans le ballet de la messe finissante une voix familière. Tant que je ne regardais pas elle pouvait très bien être parmi eux. « Jésus nous dira, avait expliqué le prêtre, que l'ivraie sera jetée au feu, que la mauvaise herbe sera jetée au feu », qu'il fallait demander au Seigneur d'arracher le mal qui est en nous et de le mettre au feu. Où était le mal en Baptiste, qui pour toute mauvaise herbe m'avait avoué d'un air piteux avoir cassé l'éléphant de porcelaine offert par sa mère dont il gardait les débris derrière son lit ? Où était l'ivraie chez David dont le sourire trahissait une habitude tranquille de l'amour ? Et le jeune garçon qui maniait l'encensoir en serrant les trois chaînes dans sa main, est-ce qu'il cherchait la silhouette de sa mère dans la foule des magasins ? Et celui qui tenait la Bible du bout des doigts avait-il déjà griffé son visage au sang parce qu'il voulait disparaître ? Au milieu d'un groupe d'adultes, Baptiste écoutait sagement le visage levé et je me disais que sa vie entière était une cérémonie. Quand Baptiste se lavait les dents ou laçait ses chaussures, il le faisait avec la grâce de ceux qui se savent observés et qu'on a délivrés de leurs monstres.

14

Le fils

Les voisines de ma grand-mère sont immortelles. Celle de Paris est tellement âgée qu'elle a un accent qui vient non pas de l'étranger, mais du passé. Elle ne se nourrit que de nouilles chinoises lyophilisées qui viennent du E.D. du bout de la rue, c'est même parfois moi qui vais lui acheter. Quand je la croise sur le palier, occupée à crocheter sa propre porte avec ses clés, elle me parle d'endroits qui n'existent plus et me trouve toujours grandi et beau, posant sur moi ses yeux humides comme si j'étais déjà mort ou que je lui avais terriblement manqué. Je ne l'aime pas. Pas plus qu'une autre. Mais je crains sa disparition comme le présage de la fin des temps. Ainsi, arrivé au cinquième étage, essoufflé, j'accueille toujours les effluves de champignons noirs et de glutamate qui s'échappent du pas de sa porte avec soulagement. Même si ma grand-mère dit qu'elle pourrait bien tous nous tuer, parce qu'elle oublie parfois de fermer le gaz et que j'y pense avant de dormir. De l'autre côté du spectre de la survie, la voisine de la Villa, ici à la mer, s'accroche à son existence avec la même poigne qu'à sa canne en bambou qu'elle frappe rageusement sur le sol quand mon chahut l'y autorise. Elle habite à l'étage, un appartement plus petit que le nôtre qu'elle a vendu en viager, à un homme aux médiocres capacités diagnostiques, il y a près de trente ans. Ma grand-mère dit que c'est grâce à lui qu'elle tient, que ça lui donne une raison de ne pas abandonner. Surtout avec son fils. Chez elle aussi il y a un monstre. Un cadavre qui se tient debout comme suspendu par des fils invisibles, et que chaque pas précipite vers une chute à laquelle il semble lui-même surpris d'échapper. Ses deux yeux profondément enfoncés dans le visage regardent toujours par terre, comme ceux d'un enfant trop timide qu'on aurait forcé à parader. Il est crucial, pour des raisons évidentes, qu'il ne trébuche pas. Malgré la souffrance qui a asséché sa peau devenue grise et cassante, il sourit continuellement, les narines exagérément écartées pour inspirer un maximum d'oxygène. On a toujours l'impression que sa mère le tient en laisse, mais non, c'est juste une manière à lui de se tenir près d'elle et à elle de le diriger avec des gestes fermes. Il porte des jeans délavés qu'il est obligé de faire tenir avec une corde autour de sa taille et dans lesquels il semble n'y avoir rien d'autre que deux tiges de fer comme celles qu'on voit parfois dépasser du béton. J'ai un dégoût pour ces jeans délavés qui est en fait un dégoût de lui, de son corps décharné, de son air contrit, de son appétit déplacé pour une vie qui ne veut pas de lui. Une fois, je l'ai croisé en rentrant de la plage. Sans vieilles dames à nos bras. À peine arrivé dans le hall de la Villa, j'ai été alerté par une odeur de camphre, une odeur étrangère à mon quotidien. Il était assis sur les marches, entre le rez-de-chaussée et notre étage, ses genoux pliés aussi acérés que les pointes d'une lance. Il lisait. Je lui ai demandé s'il voulait de l'aide, que j'appelle sa mère mais il a dit que non, ça l'a fait sourire, il a dit que non, qu'il faisait frais ici et que cet escalier en marbre était la seule chose qui n'était pas de mauvais goût dans cette turne et il a ri en disant quelque chose à propos du marbre. Pendant qu'il parlait, je voyais qu'il avait du blanc au coin de la bouche et une tache framboise sur la joue, comme un trou vers une autre dimension. Quand j'ai monté l'escalier, en me collant le plus possible du côté du mur opposé à celui où il se tenait, il a tendu son bras maigre et veineux de drogué et m'a ébouriffé les cheveux. Moi aussi j'avais des boucles à ton âge, m'a-t-il dit et ça m'a mis dans une colère noire. Pourquoi ont-ils toujours besoin de me comparer à eux ? Qu'est-ce qui leur donne l'autorisation de me condamner à devenir comme eux ? C'est pire que de les toucher, c'est pire que les deux grosses bises que la folle me fait le matin et qui me collent aux joues après comme une lèpre, parce que ça ne part pas, ça ne part jamais. S'il avait eu mes cheveux, je pouvais très bien avoir les siens un jour, cette petite laine rare et desséchée qui recouvrait son crâne inquiet et pourquoi pas aussi la tache sur la joue et cette manière de sucer la vie par les narines. J'étais remonté et j'avais jeté mon sac très fort dans l'entrée, si bien que sa mère aurait très bien pu taper avec sa canne, mais au lieu de ça, c'est ma grand-mère qui m'a accueilli et elle m'a fait couler un bain. Elle m'a lavé les cheveux en silence, massant longuement mon cuir chevelu recouvert de mousse et chaque fois que l'onde chaude coulait du broc sur mes épaules je me sentais purifié et un peu plus calme. Adouci par les vapeurs de shampoing, j'ai fermé à demi les yeux pendant qu'elle appliquait la serviette sur mes cheveux d'une pression ferme de ses doigts, le corps immergé dans l'eau tiède. J'étais si bien, si protégé par ce rituel qui redonnait à mon corps un peu d'emprise sur mon esprit, que les périls se sont estompés dans la buée. Comme les bulles de shampoing un instant plus tôt, mes peurs éclataient dans un crépitement, les unes après les autres. Le monde était loin. Dans un instant il y aurait le pyjama rouge, la soupe et la chaleur des draps. L'avenir n'était plus obligatoire tant la force d'attraction du présent s'imposait à mes sens. Plongé dans une rêverie, incertain de vraiment prononcer les paroles que je pensais, j'ai demandé de quoi souffrait le fils de la voisine. Après tout, lui, on avait droit de demander. Ma grand-mère m'a parlé d'Yves Saint Laurent, il souffrait de la même maladie qu'Yves Saint Laurent. Il n'y avait ni jugement dans sa voix, ni la moindre émotion. Ma grand-mère avait l'habitude de raconter la mort. Elle appartenait à une sororité de femmes qui avaient tout perdu, leurs familles, leurs maris et parfois leurs enfants. Comme Fanny, qu'elle appelait chaque jour au téléphone pour de longues conversations en yiddish auxquelles je ne comprenais pas un mot, mais qui me berçaient à la manière d'une chanson triste. Fanny qui ressemblait à une sorcière qui ne savait pas être gentille et dont la fille avait été assassinée par son compagnon, lorsqu'elle avait voulu le quitter. Ma grand-mère m'avait raconté comment il était venu avec un fusil et lui avait tiré dessus quand elle avait ouvert la porte. Et quand les enfants n'étaient pas morts, ils étaient monstrueux. Comme la folle ou comme le fils de la voisine dont le corps était aspiré au-dedans par un trou noir sur sa joue. Et je sentais que tout cela me concernait éminemment. Et que parmi les nombreuses contagions, celle d'Yves Saint Laurent et du fils de la voisine serait particulièrement périlleuse à écarter.

15

Les fourmis

L'important maintenant c'est que personne ne bouge dans la maison. Ce n'est pas du tout le moment que ma grand-mère se lève de sa sieste ou que ma tante sorte de sa chambre. Ça sent fort l'essence dans la cuisine. J'ai fermé les portes avec précaution et ouvert la fenêtre en grand. Au pire je dirai que j'ai décidé de nettoyer. J'ai toujours aimé faire le ménage, depuis que je suis tout petit. Rue Cresson, je suivais Maria dans toutes les pièces et je l'aidais à faire la poussière et un tas d'autres trucs, elle disait qu'heureusement que j'étais là, sinon elle ne s'en sortirait jamais, c'est tellement grand que quand on a fini de nettoyer, il faut déjà recommencer. Je faisais le tour du propriétaire avec elle, un plumeau dans une main, du pschitt à vitre dans l'autre. Un jour, ça a sonné chez ma grand-mère et c'était Maria. Ce n'était pas quelque chose de très agréable de la revoir et elle non plus ça n'avait pas l'air de lui faire du bien. Elle est restée sur le pas de la porte à parler avec ma grand-mère, je la regardais du fond de l'entrée. Elle avait l'air plus vieille et me jetait des œillades en disant « c'est affreux, c'est affreux, pauvre enfant ». Je voulais juste qu'elle parte, je la pensais engloutie avec tout le reste. C'était mieux de faire comme si rien n'avait existé. Elle m'a regardé comme les parents à l'école, comme si j'étais revenu des morts. Elle ne m'a pas embrassé et elle est repartie pour de bon. Mais aujourd'hui, rien à voir, c'est un autre genre de ménage que je fais. Ça faisait quelques jours que ça couvait, que j'avais remarqué qu'il y avait des fourmis. Elles cheminaient en file indienne le long d'une ligne parfaitement dessinée de la fenêtre au placard à sucre en passant par la gazinière, l'évier et l'égouttoir. Gouvernant un monde de miettes avec une discipline impeccable. C'est le genre de choses auxquelles ma grand-mère ne prête pas attention. Profitant d'un moment de latence, une de ces heures de vide où le temps fait comme de la colle, je suis allé à la cuisine pour voir les fourmis. Pour voir, mais déjà un peu en colère. D'abord j'ai regardé, parce que c'est quand même épatant de les voir porter d'immenses charges avec indifférence, comme si nous, on était capables de soulever une bibliothèque sans sourciller. Et puis aussi les admirer quand elles se frottent les antennes entre elles pour se parler, à toute vitesse, dans une complicité totale. Je pensais déjà raconter ça à Baptiste, parler avec lui des fourmis, on aurait sûrement eu des choses à se raconter sur leurs reines ou leur habitat. À un moment j'ai voulu placer un obstacle pour voir comment elles réagiraient. En faisant bien attention à ne pas mettre leur petit commerce en péril. J'ai juste poussé un peu la boîte d'allumettes du gaz pour bloquer la route. Mais ça ne les a pas du tout dérangées. La plupart paraissaient ne même pas se rendre compte que quelque chose avait changé, elles passaient en dessous, profitant du fait que le carton était un peu bombé, si bien que ça leur faisait comme un petit pont. Quelques-unes ont escaladé la boîte, mais vraiment pas beaucoup et très vite, dix frottements d'antennes plus tard, elles passaient toutes sous le pont. Alors j'ai cherché autre chose d'un peu plus compliqué et je me suis dit que le liquide vaisselle, ça pourrait créer une vraie difficulté, comme un marais. À ce moment-là, je pensais à la guerre du Viêt-Nam. Les fourmis étaient des soldats américains et moi, j'étais là pour m'assurer que la forêt était vraiment inhospitalière avec des embûches et des pièges. Une très bonne idée le liquide vaisselle, j'en ai fait gicler un peu sur le mur si bien que la mélasse jaune s'est mise à couler doucement vers la ligne de fourmis. Mais ça non plus, ça n'a pas eu l'effet escompté, elles ont immédiatement opéré un changement de trajectoire, quelques centimètres à peine pour contourner la flaque de napalm odeur citron. Ça m'a un peu agacé parce que je faisais preuve d'imagination et que de leur côté elles ne semblaient pas du tout comprendre que les choses n'étaient plus comme avant. Qu'il ne s'agissait plus seulement d'aller chercher des miettes et du sucre dans le placard pour le rapporter dans la fourmilière, mais que c'était la guerre. Alors j'ai fait gicler directement du liquide vaisselle sur une ou deux fourmis qui passaient au niveau de l'évier. Il y en a une qui a réussi à s'échapper et qui a repris sa route, mais l'autre, comme je l'avais bien recouverte elle n'arrivait plus à avancer, elle s'agitait piteusement et ça a quand même un peu bloqué le passage qui était plus étroit à cause du lavabo. Mais très vite, la file indienne s'est reformée sur le mur et plus personne ne venait voir la fourmi qui était engluée et ça m'a vraiment énervé parce qu'elle n'avait pas l'air bien et qu'il aurait sûrement été possible de la tirer de là. Si les fourmis avaient la force de soulever des miettes deux fois plus grandes qu'elles, je ne voyais pas très bien pourquoi elles n'auraient pas pu secourir leur amie. Ce manque de solidarité, j'ai trouvé ça cruel, alors j'ai voulu sauver la fourmi pour en faire une héroïne. Mais c'était compliqué de la sortir du liquide parce que ça me glissait entre les doigts, alors j'ai fini par appuyer le pouce pour l'écraser parce que je l'avais trop amochée et qu'il fallait bien faire quelque chose. J'étais furieux contre les autres fourmis et j'avais du liquide vaisselle plein les mains alors j'ai ouvert le robinet et ça m'a donné l'idée d'asperger la colonie en agitant le tuyau de caoutchouc qui servait à diriger le jet. Mon petit déluge a vraiment créé le chaos, une bonne cinquantaine de fourmis ont été emportées par la rivière qui s'est formée entre le mur et l'évier jusque sur le plan de travail. Il y a eu un vrai mouvement de panique et pour la première fois la ligne était complètement coupée, sur au moins cinquante centimètres. Mais aucune fourmi n'était morte parce que manifestement elles savaient nager ou en tout cas elles n'avaient pas tant besoin d'oxygène que ça (ce que j'aurais bien voulu raconter à Baptiste). Il n'a pas fallu trois minutes pour qu'un nouvel escadron de guerrières débarque de la fenêtre, des fourmis plus agressives de toute évidence, qui avaient dû être bien informées par voie d'antennes que la situation avait dégénéré dans la cuisine. Elles étaient plus déterminées que jamais à reprendre leur emprise sur le placard à sucre et elles ont reformé une ligne en passant le long de la frontière boursouflée où le carrelage s'arrête pour devenir le mur de peinture. C'était fascinant à regarder mais il n'était plus question de les laisser me mépriser comme ça. Alors j'ai ouvert le placard à produits pour trouver une nouvelle arme et j'ai saisi l'eau de javel et j'ai commencé à en verser dans la rivière où pataugeaient les fourmis sur le plan de travail. Elles n'ont pas du tout changé de couleur comme je m'y attendais et elles ne sont pas mortes non plus et là je me suis dit que ça suffisait. Je suis retourné au placard à produits et j'ai pris l'alcool à brûler que j'avais déjà remarqué la première fois, mais je m'étais dit que c'était pas une bonne idée. Enfin, si, que c'était une bonne idée, mais que si ma tante ou ma grand-mère arrivaient je n'aurais pas le temps de tout planquer à temps. Mais là, la priorité c'était que les fourmis comprennent à qui elles avaient affaire, alors j'ai pris la bouteille qui n'était pas du tout facile à ouvrir parce qu'elle avait une sécurité, il fallait appuyer de toutes ses forces sur le bouchon tout en tournant, ce qui était débile puisque ça augmentait les chances d'en renverser, mais je suis plutôt habile pour ce genre de choses. J'ai versé tout doucement de l'alcool le long de la ligne de fourmi et aussi sur le plan de travail et partout où je voyais des fourmis sur le carrelage et j'ai frotté une allumette que j'ai jetée dans la mare de javel. Ça a fait un trait de feu bleu qui est allé jusqu'à la fenêtre. C'était encore mieux que ce que j'avais imaginé. Tellement que pendant une seconde j'ai eu peur que ça enflamme les rideaux en dentelle. Mais très vite il ne restait plus que des petites flammes qui faisaient une fumée noire et les fourmis crépitaient sauf celles qui avaient réussi à s'échapper mais qui avaient l'air complètement désorientés comme si leurs antennes avaient cramé. Maintenant le feu s'est arrêté et je me sens bizarre. Il y a beaucoup de fourmis mortes, d'autres agonisent et ça sent très fort dans la pièce. Une odeur âcre, de garage. Avec l'éponge je commence à nettoyer, surtout aux endroits où le feu a noirci les carreaux et quelque chose me dit que je ne vais rien raconter du tout à Baptiste. Je rince l'éponge qui est pleine de fourmis mortes et de noir de brûlé si bien que je décide de la jeter dans la poubelle dans laquelle je retombe nez à nez avec l'assiette que ma tante a cassée tout à l'heure. J'ai cru d'abord qu'elle allait la jeter sur ma grand-mère ou sur moi, j'ai même fait un geste, mais elle l'a lancée sur le sol de la pièce en criant « Marre ! », « Marre ! », « Tu me bousilles la vie ». Et elle est partie dans sa chambre dont elle a claqué la porte tellement fort que la maison a eu comme un soubresaut. Ma grand-mère s'est levée et a commencé à ramasser les morceaux d'assiette en silence. Pendant ce temps-là, les joues brûlantes, j'essayais de me remémorer l'enchaînement de mots qui avait déclenché la déflagration de folie de ma tante. Mais le concert de voix molles des méduses m'empêchait de penser et aussi la peur que ma tante ressorte de sa chambre armée d'objets coupants avec lesquels elle nous trancherait la gorge à ma grand-mère et à moi. La violence avait ce pouvoir de me paralyser, de faire le vide derrière elle. L'air de la pièce était comprimé comme si toute l'énergie avait été aspirée dans l'explosion de colère. Pas seulement l'air de la pièce, mais tout ce qui se trouvait dans le rayon de rage de ma tante avait été vidé à commencer par le temps. Il n'y avait plus ni avant ni après, plus personne ne se souviendrait du repas que ma grand-mère avait préparé ou de ce que nous étions en train de raconter à ce moment-là, il n'y avait plus que la sidération et les oreilles tendues vers les bruits de la chambre, pour savoir si elle allait continuer à casser des choses comme la dernière fois et jeter des meubles par la fenêtre au risque de tuer des gens et de faire aller notre grand-mère au commissariat ou si la crise était finie. Elle irradiait dans les décombres de ce début d'après-midi et rien de ce qui suivit ne s'inscrivit dans ma mémoire écrasée par le larsen de la colère. Je reste un instant, le pied sur la pédale de la poubelle, l'éponge pleine de fourmis brûlées à la main et sans intention particulière, j'attrape un morceau d'assiette cassée, un petit morceau en forme de triangle, de la taille d'un carré de chocolat, et je le mets dans la poche de mon bermuda.

16

Les pouvoirs

C'est l'automne sur le visage de Baptiste. Feuillage orange et fond bleu sur terre noire et gonflée. Baptiste s'est battu au club Mickey. C'est un des deux garçons rencontrés à la plage l'autre jour qui l'a obligé à renoncer pour quelques jours au rose élastique de sa pommette. J'ai du mal à comprendre pourquoi, quand une personne en frappe une autre, ce n'est pas celui qui a donné le coup qui porte la trace. Baptiste promène maintenant une violence qui n'est pas la sienne tandis que l'autre garçon affiche un sourire intact. Cela me tourmente énormément. Comme me tourmente la raison de leur dispute. Baptiste est resté vague et cela m'a laissé penser que j'en étais la cause. Car Baptiste n'a d'autres faiblesses que notre amitié. Il dit je ne m'y attendais pas. Ce coup sur son visage me pèse sur le thorax. Baptiste sourit, il est déjà après. Alors que je n'arrive pas à quitter le pendant. L'instant du poing serré sur la joue n'a plus rien à voir avec le fil du temps. Il en est détaché. Je contemple son éclat brutal encore et encore, ébloui de questions. Qu'étais-je en train de faire à ce moment précis ? Est-ce que je lisais ? Qu'est-ce que je lisais ? Quelle phrase, quel mot est attaché pour toujours à l'impact qui a souillé mon ami ? Est-ce que c'est à cause de moi ? Est-ce que Baptiste a voulu me défendre ? Est-ce que ce coup m'était destiné ? Est-ce que l'autre garçon y pense encore ? Est-ce qu'il a été puni ? Alors je me repasse le film imaginaire de leur dispute, une fois, deux fois, mille fois. Rien n'étanche ma soif de vengeance aussi bien que ces scènes où j'apparais comme un spectre au moment fatidique, projetant comme un pantin le corps de l'imbécile grâce à ma force surnaturelle, à une décharge de laser ou à mes capacités télékinésiques. Dans une version plus cruelle encore, mes pouvoirs me servent à le mettre à genoux et à l'amener aux portes de la mort en serrant son cœur à distance dans mon poing. Je me délecte alors des dialogues que m'autorise la puissance. Toutes les humiliations enfin à ma portée. Si quelqu'un m'aperçoit sur le chemin de la plage, donnant d'imaginaires coups de griffes les doigts contractés, c'est que j'embroche mon ennemi au bout de mes lames d'adamantium. On me croit juché sur un muret ? Je contemple les cent mètres de vide que mes capacités exceptionnelles me permettront d'amortir sans ciller. Sans mes pouvoirs je ne serais rien. Les avoir en vrai, c'est mon unique vœu. L'autre jour à la messe, les deux mains autour de la flamme fragile du cierge, j'implore leur venue. Qu'ils donnent enfin à cette étrangeté qui m'écrase l'énergie véritable qui est la sienne. Voler, lire dans les pensées, déplacer les objets, se télétransporter, muter en animal, peu importe. Ce qui compte c'est de donner une forme à ma différence, une puissance à mes secrets. Le vœu de la sœur de Baptiste me donne à cet égard une idée du fossé qui nous sépare. Alors que j'allume pour elle l'inaccessible mèche, elle me fait signe d'approcher l'oreille et chuchote : « Je veux que papa m'emmène en haut de la tour Eiffel. » Cette petite fille qui a toujours l'air de sortir du lit et qui met un temps inouï à répondre aux questions est mon sphinx. Sa sagesse m'émerveille, l'amour qu'elle porte à son père, moins. Baptiste aussi joue aux pouvoirs, mais la promesse de l'homme qu'il sera lui suffit en vérité. Ses héros sont des cousins de province bardés de trophées. Baptiste rêve de victoires et m'entraîne dans des courses folles jusqu'à la digue qu'il atteint toujours en premier. C'est là l'autre jour, reprenant notre souffle, étalés tous les deux sur le sable que nous avons revu le fils de la voisine. Il avançait en levant les jambes bien plus haut qu'il n'était nécessaire, comme si le sable était mouvant, ou que la gravité avait soudain triplé sa force d'attraction. Sa tête dodelinait ridiculement comme celle d'une poule. Elle paraissait minuscule, flottant dans une casquette trop grande qui laissait dépasser des mèches filasse, prêtes à se détacher avec le vent. Son nez et ses oreilles paraissaient démesurés. Lui-même semblait à la merci d'une bourrasque, son corps gris, immense, d'une maigreur effrayante, laissant deviner des angles de squelette qui menaçaient de percer la peau devenue si fine qu'elle laissait apparaître d'inquiétantes veines gonflées, émaillées çà et là de taches comme des éclaboussures. Son maillot de bain bâillait grossièrement. Il tâtonnait dans le vent comme un nourrisson qui apprend à marcher, se jetant en avant à chaque pas, les yeux exorbités vers la mer. Sa mère se tenait à quelques mètres de lui, livide, agrippée sur sa canne, le regard harponné à lui de toutes ses forces, ignorant tout de la plage à part son fils qui ne voyait plus rien d'autre que l'horizon, qu'un caprice au-delà de l'horizon. C'était un spectacle tragique. Baptiste retenait sa respiration lui aussi, on ne pouvait même plus bouger tellement nous avions peur qu'un seul grain de sable déplacé ne vienne perturber la course instable de cet automate disloqué qui se jetait à l'eau. Il parvint enfin jusqu'au rivage qui n'était qu'à un mètre ou deux de son point de départ, c'est-à-dire de sa mère, et il s'immobilisa les pieds dans l'eau, si éreinté qu'il semblait sur le point de s'effondrer verticalement sur lui-même, comme une tour. Il entreprit de se mettre à quatre pattes, laissant apparaître la lacération de la colonne vertébrale et ses fesses vides dans lesquelles étaient plantées les deux tiges arquées de ses jambes, puis il pivota sur le côté, le corps partiellement recouvert de sable glacial, une longue algue collée sur la cheville, comme un serpent. Il était maintenant assis, face à nous, mais aveugle aux hommes, regardant l'espace de sable dans le cercle de ses jambes, concentré, les yeux crispés, les joues creuses et ce trou sombre comme une caverne sur la mâchoire dans laquelle flottaient des miettes de dents claquantes. Puis il se laissa aller sur le dos, poussant son corps avec ses mains pour l'entraîner dans la mer. Une vague le contourna, et en se retirant, le tira un peu, puis une autre, si bien qu'il fut enfin soulagé de son poids. Saisi par une armée de mains invisibles qui le portèrent tel un arbre mort vers le large.

Baptiste me jeta un regard impuissant. Mais quand nous regardâmes à nouveau la mer, il nageait méticuleusement, avec une grande douceur. Sa mère paraissait encore plus pâle que lui, épuisée par la tension, tendant déjà la serviette pour l'accueillir à la sortie de l'eau. Après quelques brasses, il se laissa porter sur le dos, sa casquette toujours vissée sur le crâne jusqu'à ce que les vagues indifférentes le déposent sur le sable en même temps qu'un morceau de polystyrène. Répétant à l'inverse l'enchaînement de son immersion, il se releva plus facilement qu'il ne s'était allongé. Bientôt il fut debout, la peau grêlée par la chair de poule, des rougeurs en chevrotine, l'air vaincu. Sa mère le frotta si énergiquement que j'eus peur qu'elle lui arrache des lambeaux de peau entiers. Puis, lui s'appuyant sur elle et elle s'appuyant sur sa canne, ils reprirent le chemin du retour, sans avoir échangé un mot. Nous avions beau être allongés, on se sentait aspirés par le sol. Stupéfaits. Ni Baptiste ni moi n'osions parler. Il était trop tôt pour dire à mon ami, que ce monstre-là aussi habitait chez moi, et qu'il m'avait touché les cheveux.

17

Omaha Beach

Dans le miroir du rétroviseur, le front du père de Baptiste se mélange avec ses yeux par un curieux effet de superposition : quand il regarde la route, on dirait qu'il me scrute à l'arrière de la voiture. Je me dis : « Voilà son vrai visage ». Le masque affable du père, fissuré par la conduite, laisse apparaître le reptile qu'il est vraiment. La plupart des pères, je l'ai remarqué, portent un masque derrière lequel ils s'absentent dans leurs sombres pensées. Les siennes, c'est évident, tiennent de la vengeance. Principalement contre sa femme, la mère de Baptiste, qui ne cesse de critiquer tout ce qu'il fait et tout ce qu'il dit. Et contre moi qui gâche la pureté de ses vacances en famille. Je le sais bien qu'il pense ça, je le sens à la manière qu'il a de ne pas me nommer. « Il dîne ici ? » « Il dort ici ? » « Il n'a pas d'affaires ? » « Il n'a pas de parents ? » Je sens maintenant toute sa rage peser sur la pédale de l'accélérateur. Et s'il cherchait un coin de route où m'abandonner ? C'est absurde mais j'ai la bouche qui s'assèche en imaginant le coup de frein et la portière presque arrachée. Le père de Baptiste, soudain délivré de sa lâcheté qui me tire par la manche hors de la voiture, sans un mot, et qui me jette de la première falaise venue. Est-ce que Baptiste, endormi à l'avant, se rendra compte de ma disparition ? Cet enlèvement, à bien y penser me plaît un peu, même s'il me coûte la vie. Je me repasse plusieurs fois le moment où le père de Baptiste me prend par le col dans un bruit de chemise, ces quelques secondes de violence que je désire maintenant absolument goûter. L'idée séduisante de cette accolade, presque une danse, lorsqu'il me soulève et que je ne suis plus qu'un pantin dans ses bras. Le cœur qui bat très vite et la chute, comme celle qu'on évite de justesse parfois, avant de dormir, celle qui s'arrête dans un sursaut à peine quelques mètres en dessous du point initial, mais toujours au sommet du matelas. Mais cette fois je tombe jusqu'au bout, jusqu'à l'écrasement sur les rochers. Et puis le silence. Le lacet velouté de la route sur laquelle file le père de Baptiste, libre enfin d'emmener son fils découvrir les plages du Débarquement sans parasite pour frelater son âme. « Tu dis stop quand mon doigt touche ton coude. » Alors que nous quittions la ville ce matin, en short sur la banquette arrière, Baptiste prend ma main et promène son index sur la face intérieure de mon bras nu. Je dois bien fermer les yeux et deviner quand il atteint la pliure. C'est insoutenable de bonheur, je cède toujours trop tôt, incrédule face à l'intensité du frisson. « Là, là. » Mais il est à peine à mi-parcours. Il recommence, puis c'est mon tour de toucher. Je frôle à peine le bras de Baptiste, je le survole de si près qu'il a la chair de poule, yeux mi-clos. Il tressaille comme la conduite de plus en plus nerveuse de son père qui multiplie les œillades dans le rétroviseur. « Baptiste, viens devant profiter un peu de la route veux-tu ? » Baptiste obéit, la place de devant ne se refuse pas. Mais sa tête ne tarde pas à s'alourdir et bientôt elle tombe. Ma légitimité endormie, qu'il pèse lourd l'air que j'aspire en silence avec le père de Baptiste. Heureusement il faut bientôt s'arrêter pour acheter un arbre. Un arbre pour Baptiste. Qui sera grand quand il sera grand, qui fera de l'ombre aux enfants de Baptiste et aux enfants de ses enfants, dont la sève irriguera de sa noblesse les générations futures. La leçon faite, voilà Baptiste qui bâille parmi les arbustes en pots alignés dans une serre, sommé de choisir en cinq minutes, sur le bord d'une route, le paysage de son avenir. Un saule pleureur ou un érable, un aulne ou un tilleul. Et pourquoi pas un séquoia ? « On le verrait depuis la gare », s'enthousiasme Baptiste. « Aussi haut que l'Arc de Triomphe », confirme le vendeur. Mais c'est finalement un hêtre que le père de Baptiste achète parce qu'il y en avait un dans la maison de son enfance. Une petite tige de rien, dix feuilles à peine, dont on ignore où elle va trouver la force de devenir un tronc, ni comment elle pourra supporter sur ses branches les enfants de Baptiste et plus tard, les enfants de ses enfants. Pour le moment, elle ressemble au ficus que j'avais là-bas. Celui que j'aspergeais avec le pschitt pour en faire briller les feuilles plus vert encore. Lui aussi a disparu. Comme tout un tas de choses dont l'essence même s'est volatilisée en même temps qu'elle. Par exemple, il n'y a plus de plantes dans ma vie. L'arbuste couché dans le coffre, on remonte en voiture. Avec un naturel qui m'épate, Baptiste reprend sa place à mes côtés, à l'arrière, et nous somnolons sur le cuir chaud des sièges, nos genoux séparés par un mince filet de sueur. Plaisir qui culmine dans la crainte de la colère du père de Baptiste, les os brisés sur les rochers. Mais c'est le crépitement tranquille d'un tapis de gravier qui me ramène à la réalité lorsque j'arrive groggy sur le parking du cimetière à Omaha Beach. Tout a encore la texture du rêve quand la beauté rectiligne du champ de croix blanches me ravale à l'intérieur de moi-même. J'oublie Baptiste, son père. La haine de son père n'est plus rien, c'est un caillou parmi les cailloux. Et mes pas sur le gazon. En caressant la pierre humide d'une tombe que j'ai choisie parce que sa croix est une étoile, je pense au petit hêtre déraciné qui dort dans la voiture. De l'index je suis les courbes du nom gravé dans la pierre : Jack Barshak. Tchack tchack tchak. Comme l'impact de la feuille de boucher dans la viande. Bruit de hachoir qui charrie des images de corps entassés, désordre de cadavres qui baignent dans la boue. Sans gazon pour soulager les yeux. Que se passerait-il maintenant si tous les soldats morts sous leur croix se mettaient à me parler en même temps ? Si toute la mort jaillissait d'un coup du sol comme un gisement de pétrole ? Je cherche Baptiste à qui son père dispense un cours d'histoire en agitant les mains devant l'horizon. Quand nos yeux se croisent, il lève les siens au ciel mais je sais qu'il fait cela pour me plaire, heureux en vérité d'apprendre par son père. Je respire à pleins poumons. Tout à l'heure, il faudra dire merci au père de Baptiste pour les plages du Débarquement, il faudra dire merci pour le Débarquement au père de Baptiste et lui rendre son fils pour qu'ils aillent ensemble planter un arbre. La voiture va s'arrêter devant le portail de la Villa Magnolia, et ce sera l'heure de quitter Baptiste, après deux journées passées ensemble, et retourner dans l'appartement avec ma grand-mère et ma tante à qui je donnerai une version floue et simplifiée de cette aventure. Damier de croix éclatantes, statue, gazon et victoire sur l'ennemi. Il y aura la lumière triste des dimanches et rien de ce que je dirai ne les concernera vraiment. Je plongerai une cuiller dans le bouillon de légumes, à l'assaut d'une tranche de carotte ou d'un morceau de navet et l'appartement me paraîtra très loin de la plage tout à coup, si loin qu'il semblera éloigné dans le temps, qu'il me fera douter à nouveau des saisons et de l'existence de Baptiste. Je sentirai fondre sur moi cette pesanteur familière qui étale chaque geste à l'infini. Le temps que je trempe encore une fois la cuiller dans le bouillon, Baptiste et son père auront planté le petit hêtre qui dort dans le coffre. Ils se seront prononcés sur l'emplacement idéal, suffisamment dégagé pour que rien ne vienne contrarier la croissance, ni des racines, ni des branches et ils auront creusé la terre pour y greffer l'arbuste. Le père de Baptiste se sera certainement arrangé pour que toute la famille entoure son fils, une poignée de terre noire et humide à la main, soignant l'avenir fragile du clan ou arrosant d'un air concentré la tige frêle de leur postérité. Le temps que j'avale une nouvelle gorgée de soupe, la famille de Baptiste aura imprimé de nouvelles images à sa légende et ajouté du vivant à son écosystème. Attablés dans la chaleur d'ambre de leur maison, ils transformeront les tentatives maladroites de la journée en épopées joyeuses. Le tintement des couverts et des bracelets, des verres et des rires emportera les craintes du soir tandis que de l'autre côté de la fenêtre, sous l'ombre du jeune hêtre, un scarabée s'abritera pour la nuit.

18

Le café

Il n'y a qu'un trait de chez nous à la plage. Si d'aventure je pense aux vacances, c'est ce trait qui me vient en mémoire. Une rue déserte, bordée de petits portails en bois, dont la pente dévale paisiblement vers le sable. Voilà le plan de la ville tel qu'il se dessine dans mon esprit. Le regard tourné vers le vacarme de la mer relègue la vie du bourg dans mon dos. Je ne prête qu'une attention flottante aux commissions que ma grand-mère rapporte chaque jour dans de grands cabas rayés. D'où vient le pain avec la mie duquel je sculpte des vaches à la peau grise ? Où ont été achetées les pêches dévorées au-dessus de l'évier de la cuisine, sur la pointe des pieds, la bouche dégoulinante de jus ? Qui coupe ces biftecks qui rissolent dans le beurre ? De mes rares excursions pour accompagner ma grand-mère à la boucherie ou à la Coop ne me restent que des souvenirs à la consistance cotonneuse. Une chouquette tendue d'une main potelée par la boulangère, les traînées de sang sur le tablier d'un boucher à l'humour gras. Et les bouquets de pelles multicolores devant la droguerie. C'est comme si le centre-ville surgissait de nulle part, sans prévenir au détour de la rue Pitre-Chevalier et qu'il s'évanouissait une fois nos sacs pleins. Je le traverse tête baissée, l'esprit ailleurs, feignant de ne pas être concerné par les affaires que trament les estivants dans l'arrière-boutique de la plage. Je n'attends rien de ces sorties, si ce n'est de me soustraire un moment à l'ennui mortel de la Villa. Je titube sur les talons de ma grand-mère suivant les dessins de la chaussée, pressé finalement de retrouver l'ombre de la salle à manger. C'est à peine si je glisse un regard envieux aux enfants qui dégustent des gaufres recouvertes de chocolat et de chantilly à la terrasse des cafés dans lesquels leurs parents terminent de copieux plateaux de fruits de mer. Jamais il ne viendrait à l'esprit de ma grand-mère de nous emmener au restaurant et je m'en félicite, tant il est clair que nos repas n'ont pas besoin de publicité. La seule qui fréquente les lieux publics, c'est ma tante. C'est elle qui m'emmène parfois au café pour acheter des cigarillos. Dedans c'est sale et ça sent mauvais, mais ils vendent des bonbons à côté des billets de loto, des trucs qui pétillent, qu'on ne trouve nulle part ailleurs. De temps en temps, elle m'offre une menthe à l'eau. Au bar, hissé sur un tabouret, je bénis la paille qui m'évite d'avoir à mettre ma bouche sur les bords du verre lézardés de traces de lèvres sèches. Les patrons ont la peau toute fine et grise, les yeux cavés et les cheveux collés à leur crâne. Et quand il me tend mon verre, je peux regarder de près les ongles immenses et jaunes du mari et ses petites dents tachées qui doivent donner un goût à sa bouche. La dernière fois que nous sommes venus il y avait un géant au bar que ma tante avait l'air de bien aimer. Tellement que je me suis dit que c'était peut-être pour lui que nous étions là. Une montagne d'autant plus impressionnante qu'au premier regard, je n'avais pas su dire si c'était un homme ou une femme. Je n'en étais d'ailleurs toujours pas complètement sûr. Ses cheveux blancs, très longs, jusqu'aux épaules, étaient éparpillés sur une cape qui cachait presque tout son corps. Au niveau de son nez, un dense réseau de veines minuscules avait explosé ouvrant çà et là des cratères violets, qui dessinaient pareil à de l'encre de Chine, un labyrinthe sur son visage. Bien qu'immobile, il avait l'air essoufflé et ça donnait quelque chose d'urgent à tout ce qu'il disait, comme s'il avait couru pour me demander mon prénom ou mon âge. Il aurait dû me dégoûter, et c'était sûrement un peu le cas – je n'aurais pas voulu boire dans la même bouteille que lui – mais je me sentais étrangement rassuré en sa présence, au point d'y repenser après. Comme lui, ce jour-là, ils étaient trois ou quatre à passer l'après-midi accoudés sur le bar à répéter les mêmes choses encore et encore, s'énervant pour rien, puis laissant le silence effacer l'ardoise de leurs rancœurs avant de reprendre une gorgée et de replonger dans la ronde. Pendant que leurs postillons s'accumulaient sur le zinc, j'essayais de les imaginer dans la vraie vie, mais rien d'autre ne venait que l'image d'un orchestre ambulant pareil à ceux qui surgissent les nuits de fièvre. Seule ma tante ne buvait pas. « Il vaut mieux pas », elle disait, parce que ma grand-mère avait autre chose à faire de ses vacances que la tournée des bars pour la retrouver. Alors plutôt que de se remplir, elle se vidait. Elle se vidait du trop-plein de silence de la Villa. Elle disait « Ça va oui, ça va, enfin je suis angoissée. L'été c'est plus dur à cause de l'ennui. Remarque, le reste du temps aussi je m'ennuie. Je me suis acheté un journal pour faire les mots fléchés mais j'arrive pas à me décider, d'ailleurs je l'ai plus sous la main, remarque, je peux m'en racheter un autre. Il faut que ce soit niveau zéro je crois, parce que je suis pas très forte. N'importe comment personne n'y peut rien, c'est à moi de trouver des activités. C'est vrai que des activités l'hôpital de jour où je suis y'a pas tellement d'activités, puis les gens sont pas intéressants. Il y a un autre truc qui faut que j'aille : La Main, je passe souvent du coq à l'âne, ahaha, La Main, La Main Tendue, c'est un truc qui est pas trop loin. Relativement, c'est à partir de place d'Italie, il faut connaître. La Main Tendue, c'est un truc où y'a des activités pour les gens. C'est une infirmière qui me l'a conseillé. Celle qui me prépare les médicaments pour la semaine dans le pilulier et pour mettre des gouttes dans les yeux. J'ai un glaucome soi-disant dans les deux yeux. J'ai déjà été opérée. J'ai été opérée y'a pas longtemps de l'œil droit. Le gauche, il paraît d'après l'ophtalmo qu'il est mort. On n'y peut rien, il voit pas bien d'après l'ophtalmo que j'ai vu y'a pas longtemps, mais ça va, je m'en rends pas compte moi. L'opération s'est bien passée, c'était pas long. Il fallait être à sept heures trente du matin et on était trois à attendre et moi j'étais la dernière. Les deux de toute façon elles étaient arrivées avant moi, il fallait se déshabiller alors c'était pas marrant, il fallait presque enlever tous ses vêtements pratiquement et mettre un truc en papier ou je sais pas quoi. J'ai connu ça quand j'ai été, quand j'ai été brûlée, là, enfin n'en parlons pas, qu'est-ce que je disais je sais plus du coup. Oh non mais par moments, j'ai des moments de, j'ai des moments ouais, même là j'avais vu mon infirmière du centre pour lui expliquer, c'est pareil, pour essayer, elle essayait de cerner ce que j'avais quoi, les malaises que j'avais si on peut dire les malaises. Y'a un médecin, le médecin homme, il pose des questions bêtes des fois. Il m'avait dit : un jour vous guérirez, d'accord mais plus les jours passent des fois, plus c'est pire, c'est des souffrances intérieures, c'est le truc comme dit la ménagère et comme je dis moi aussi, c'est des souffrances intérieures, des passages à vide. » Elle avait dit tout ça d'un seul souffle, trop fort, avec ce gras dans la voix, mais de toute façon, il n'y avait que le géant qui l'écoutait les mains tremblantes, le souffle court. Les autres clients avaient décroché au bout de quelques secondes. Un gros type chauve avait attrapé une parole au vol et s'en était servi de rampe de lancement pour une nouvelle discussion. Quelque chose qui parlait de lui. Je n'étais même pas vraiment gêné par ce que disait ma tante, parce qu'il n'y avait pas de vraies gens dans la salle. Les gens normaux, les familles, ils buvaient dehors, sur la terrasse, profitant du beau temps. Enfin ils étaient surtout au Café de France en face sur la grande terrasse ensoleillée. Mais pas ma tante. La fumée, la crasse du bar, pour elle c'est un signe de ralliement, la même atmosphère poisseuse qu'au café de la place Cherioux où elle m'amène de temps en temps. Celui où une dame qui portait plusieurs pulls les uns sur les autres m'avait dit qu'il fallait se méfier des étrangers. Ici aussi il y avait une femme qui buvait seule, mais très gentille. Elle ne parlait pas, elle tenait son verre de whisky à deux mains, comme un bol de chocolat chaud qu'elle aurait eu peur de renverser et puis elle gardait la tête baissée, sauf pour adresser des sourires mécaniques quand on lui parlait. À un moment, elle m'a interpellé sans prévenir, elle a dit : « Ah ça le petit, lui il est heureux, ça se voit. » Je n'ai pas répondu, mais ça m'a fait plaisir, mieux ça m'a soulagé, qu'elle voie bien la différence entre elle, entre eux et moi. Mais elle a dit aussi : « Oh il vous ressemble hein, ça se voit qu'il aime sa maman », ce qui m'a plongé dans une humeur plus sombre, parce que je ne voyais pas ce qui en moi avait pu la laisser croire que j'étais son fils. Alors je ne les ai plus écoutés, j'ai coupé le son. Absorbé soudain par leur manière de fumer. Chacun avait sa façon : au coin de la bouche, du bout des doigts ou à pleine main. Mais tous y mettaient la même intensité. Ils s'arrêtaient de parler pour aspirer très profondément une bouffée, approchant la cigarette de leurs lèvres avec des gestes mal assurés, la main capricieuse. Puis, les muscles relâchés ils s'abandonnaient à la brûlure dont le crépitement rougeoyait devant mes yeux impatients de voir rejaillir la fumée. Le géant recrachait tout par les narines, deux grands traits furieux, alors que la dame laissait coulisser la fumée de sa bouche à son nez pour aspirer une seconde fois. Tout l'inverse de la mère de Baptiste qui recrachait la fumée en petits nuages compacts, sans même l'avoir avalée. Je voyais bien que le tabac ça ne l'intéressait pas, que ce qui comptait c'était de tenir la cigarette, comme une baguette magique. Penser à la mère de Baptiste, là, dans le bar, tout à coup je n'avais plus du tout envie d'y être. La honte soudain, dissipait la torpeur. Et si, en chemin vers une course, elle m'apercevait, visage entre les mains plaquées sur la vitre pour s'assurer que la pénombre du bar ne lui jouait pas un mauvais tour. Alors je m'étais mis à rêver qu'elle pousse la porte et comme une bonne fée, qu'elle m'emporte hors d'ici. Elle se serait avancée au milieu du bar, ses cheveux blonds retenus par un serre-tête, irradiant de lumière dans un tailleur rayé avec des fils brillants, et des colliers en or autour du cou. Elle m'aurait fait un clin d'œil et de sa voix grave elle aurait dit, s'adressant à ma tante et aux autres clients avec une bienveillance extrême, « Je vous l'enlève quelques instants vous n'y voyez pas d'inconvénients, je lui ai promis une glace et pour rien au monde je ne voudrais décevoir un si gentil garçon ». Je serais descendu de mon tabouret, avec des gestes délicats et je serais parti sans me retourner pour que personne ne voie le sourire qui déformait mon visage. Une fois dehors, un peu aveuglé par le soleil, j'aurais soupiré d'aise avant de prendre la main à la mère de Baptiste et de commencer à marcher à ses côtés. Au début, je me serais tu, juste la joie d'être ensemble et son parfum. Puis elle m'aurait dit : « Si tu en as envie, je vais te faire découvrir un endroit que j'aime tout particulièrement. » Alors, on aurait tourné à gauche, puis à droite, découvrant une tout autre ville aux maisons pleines de vie avec des toits de chaume. L'une d'elles, toute petite, aurait abrité un salon de thé. Il y aurait eu un bruit de clochettes quand on aurait ouvert la porte et, assis sur un gros fauteuil crapaud en velours vert, j'aurais regardé les tableaux sur les murs. La patronne, une vieille dame très maigre avec un chignon blanc, m'aurait apporté une tasse de thé à travers la fumée duquel j'aurais contemplé le petit grain de beauté au-dessus de la lèvre supérieure de la mère de Baptiste. Elle m'aurait souri et puis elle aurait dit à voix basse : « Tu sais je n'ai jamais emmené Baptiste ici, c'est un endroit très spécial où je viens quand j'ai envie de m'échapper un peu. Si tu es d'accord, ce sera notre secret. » Bien sûr que j'aurais été d'accord. Et elle aurait ajouté : « Quand je serais une très vieille dame et toi un beau jeune homme, ce sera ton tour de m'emmener dans des endroits que tu aimes pour me les faire découvrir. » J'aurais hoché la tête en espérant que personne ne se rende compte qu'il y avait des larmes cachées derrière mes yeux ce qui d'un battement de cils m'avait ramené dans le bar nauséabond au milieu des poivrots. Le bar était rempli de fumée et l'odeur de vaisselle sale faisait monter en moi la nausée. Je voulais descendre tout de suite du tabouret et aller quelque part, je ne savais pas où, où je pourrais oublier cette sensation de gras sous mes doigts et sur la langue que je commençais à presser très fort contre mon palais pour chasser le goût âcre qui s'y était imprimé. Alors ma tante s'est arrêtée de parler avec le géant, elle a levé la tête vers moi avec un grand sourire et puis elle a annoncé qu'il était temps de me ramener à la maison.

19

La visite

Quand je descendrai, Baptiste sera assis sur les marches de la Villa en train de jouer avec une coccinelle. « Regarde-la bien », il me dira assez bas, sans ses ailes elle serait vraiment moche. Je laisserai glisser la lanière du petit sac de plage rouge le long de mon épaule et suivant le même mouvement je rejoindrai Baptiste à son poste d'observation. La pierre sera fraîche, Baptiste sentira l'Eau Sauvage de son père et ce sera la première fois que je m'assoirai là, dans le petit jardin de la Villa. Ce sera même la première fois que je prendrai conscience qu'il y a un jardin au pied de l'escalier de brique qui va de la porte au portail. Que l'escalier lui-même est beau avec ses quatre amphores de pierre. Jamais, penserai-je avec étonnement, il ne m'était venu à l'esprit de descendre ici, lire ou jouer, ou juste ne rien faire, pour m'échapper un peu de l'appartement. Allongé, les coudes calés sur les marches, le torse bombé au soleil, j'ôterai mes tongs du bout des pieds et je les regarderai tomber deux marches plus loin avec une certaine satisfaction. Fier soudain du petit carré de gravier et du banc qui somnole à l'ombre des magnolias. De Baptiste, qui sera toujours concentré sur sa coccinelle, je ne verrai que la nuque. Sa nuque comme une plage. Je plisserai les yeux à cause du soleil et un peu aussi pour faire comme la mère de Baptiste. Mon corps sera traversé par une onde de bien-être et il me semblera nécessaire pour s'accorder à elle – à son rythme, à ses exigences, de piocher dans la gestuelle de la mère de Baptiste. Bouger mes bras, comme s'ils étaient lestés d'un orchestre de bracelets, soupirer avec intensité, caresser les choses plutôt que les toucher. Ce sera d'autant plus délicieux que j'imaginerai sur moi le regard de ma grand-mère nous observant peut-être depuis la fenêtre de la cuisine et au-dessus d'elle, celui du fils de la voisine que j'espérerai lui aussi penché vers le jardin. Je voudrais rester là à paresser toute la matinée, dans ce nouvel espace rendu désirable par Baptiste, mais d'autres projets me presseront de partir. Je me lèverai et c'est seulement arrivé au portail que j'appellerai, « tu viens », pour voir son visage se relever vers moi depuis l'escalier de ma maison. Pour garder cette image du jour où Baptiste sera venu me chercher. Mais pour le moment, allongé sur le lit de ma grand-mère, j'attends qu'il m'appelle. J'ai ouvert la fenêtre, alors que je déteste ça, pour le pister parmi les bruits du dehors. Est-ce qu'avec un peu de concentration, je pourrais entendre la mer ? Comme seule réponse me parvient le charivari moqueur des méduses et l'image d'une plage couverte de cadavres, crânes ouverts, cervelle répandue sur le sable. Je secoue la tête, ça ne suffit pas. Je récite « Le Dormeur du val », ça ne suffit pas non plus. Je vois les grains de sable qui collent aux méninges humides du jeune soldat, déplacé de la mousse luxuriante de son trou de verdure à la stupeur horizontale de la plage. Je me lève, direction la salle de bains, pour passer un peu d'eau sur mon visage. Il ne faut pas que ma grand-mère me voie, sinon elle va me dire ne traîne pas en slip tu vas prendre froid et il faudra lui expliquer la fenêtre ouverte et les habits pliés à côté du lit pour ne pas les froisser. Le t-shirt rouge « Italian Boy » et le petit short rayé, soigneusement choisis pour l'expédition dans la forêt avec Baptiste. Enfin justement non, je ne pourrai pas lui expliquer, ce qui m'obligerait à fermer la fenêtre ou à m'habiller, ou les deux. En entrant dans la salle de bains, la plante des pieds soudain rafraîchie par le carrelage, je la vois, de dos, qui s'affaire à la cuisine au bout du couloir, face à la fenêtre d'où elle me regardera bientôt discuter avec Baptiste. Et si je pouvais apercevoir à l'intérieur de son corps, disons par exemple un caillot de sang se diriger inéluctablement vers le cœur ? Le froid du carrelage me piège un instant, remonte mes chevilles à mesure que j'imagine le caillot suivre le même trajet, remonter la jambe, puis la cuisse, et indolore, se faufiler parmi les organes de ma grand-mère jusqu'au plus fragile d'entre eux et en stopper le mécanisme. Je me figure le raidissement brutal, le corps comme un pantin. Tomberait alors ce qu'elle tient à la main, puis toute la silhouette vacillerait pour s'écrouler sur le sol. De là où je suis, il me serait impossible d'arriver à temps pour amortir sa chute, même en courant vite les bras tendus. Le choc serait terrible. Le choc sur le sol de la cuisine serait le plus terrible, pire que la mort elle-même. Insupportable idée de la violence du coup sur le visage de ma grand-mère, l'os de la pommette qui se brise en petits morceaux coupants, la mâchoire fendue. Le visage entièrement contracté, comme le corps, à cause de la peur et du spasme. Le cri, le cri de vieillard pareil à celui du nourrisson. L'urine qui tache la blouse. Je détourne la tête, vite, parce que si je la regarde plus longtemps, alors ça va arriver. Je me passe de l'eau sur le visage et je récite la formule magique du jeu de cartes. Il faut s'asperger neuf fois pour éloigner la crainte. Les yeux grands ouverts même si ça pique, en récitant à chaque fois. Et tiens, il faut en être au deuxième mot quand l'eau glacée vient gifler le visage, au troisième mot il faut serrer les poings et au quatrième tendre tous les doigts en s'aidant du pouce pour les projeter. Quand j'ai fini, il y a de l'eau partout, mais plus grave j'ai les cheveux trempés sur le devant ce qui me fait une coiffure catastrophique. Je frotte avec la serviette et j'éponge aussi un peu l'eau autour du lavabo, sur le miroir et par terre. J'ai la figure toute froide alors je la laisse longtemps dans la serviette qui est plus rêche que je ne le souhaiterais. Ce n'est pas le moment que Baptiste arrive… je vais vite voir à la fenêtre en me désolant de laisser des traces de pieds mouillés sur le parquet de la chambre et je m'approche doucement pour tendre un museau timide par-dessus la rambarde dans la rue déserte. À droite la plage est calme. J'y distingue, pas plus grands que des grains de riz, les vacanciers qui n'ont pas l'air mort du tout. La ville sent le matin d'été et je retourne attendre sur le lit, rassuré, en regardant mes traces de pas infuser les lattes brunes du parquet. Est-ce que j'ai dormi ? La voix de Baptiste, à qui j'ai dit de crier un autre prénom que le mien pour ne pas éveiller la curiosité de ma tante, me tire d'une rêverie dont le souvenir s'évanouit aussitôt. « Alphonse » – c'est le nom que j'ai choisi – « Alphonse ». Je souris fort parce que c'est bon d'avoir des secrets avec Baptiste et je saute du lit si vite pour lui faire signe de passer le portail que j'oublie que je suis en slip et ça me fait honte parce que qui est en slip à cette heure-là ? J'enfile « Italian Boy » et le short qui sentent bon le fer à repasser et je percute presque ma grand-mère qui entre en maugréant, parce qu'apparemment la salle de bains est sens dessus dessous, puis qui découvre avec effroi que j'ai marché avec les pieds mouillés sur le parquet. Je l'embrasse sur le nez, comme un acteur, même si Baptiste ne me voit pas, sa présence m'échauffe et je me dis qu'elle peut bien passer la cire, que ce n'est rien comparé à la mort atroce que je lui ai évitée de justesse tout à l'heure. Et je cours au risque de l'écharde dans le couloir, j'enfile les tongs et le sac de plage rouge avant de dévaler l'escalier avec cette joie particulière, cette légèreté qu'ont les gens qui se savent attendus au pied de chez eux par un ami. Baptiste assis en bas des marches, sur le banc, n'a pas de coccinelle sur la main mais ma joie est entière quand je lui ouvre le portail tandis que l'ombre des magnolias lui caresse le visage. « Dis Alphonse, j'ai envie de pisser je peux y aller en vitesse, je te promets, je fais pas de bruit. » Il a les yeux moqueurs je ne sais pas si c'est parce qu'il m'appelle encore Alphonse ou parce qu'il sait très bien que je ne veux pas qu'il monte. Que je lui ai dit, que ce n'était pas possible à cause de ma tante, parce qu'elle ne supporte pas les inconnus dans la maison. J'ai même inventé une histoire, un type venu pour le compteur et ma tante encore plus folle, renversant tout sur son passage, menaçant de le passer par la fenêtre. À tel point que le type aurait pris ses jambes à son cou sans même finir son travail. C'est faux et je ne suis même pas sûr que ma tante est dangereuse, je me dis qu'elle ne peut pas vraiment l'être. Sinon, on ne me laisserait pas dormir chez elle. Ces soirées d'angoisse sur le divan de son salon, à ne pas utiliser sa salle de bains, à ne pas se déshabiller par peur de la contagion. Même ses verres m'inquiètent. L'histoire du compteur, c'est pour mon petit matelas plié en trois à côté du lit de ma grand-mère, c'est pour la salle de bains dans le couloir, c'est pour l'odeur de cigarillos, les assiettes aux murs, les vieilles armoires déprimées, les relents de soupe. Et quand même un peu pour ma tante. C'est ça la vraie raison pour laquelle je n'ai jamais invité Baptiste et puis aussi parce que je n'ai pas été très clair sur le fait que l'appartement n'occupe que le premier étage de la Villa. Ça ne se voit pas, comme ça, on dirait une grande demeure normande, bien plus grande que la maison de Baptiste. Peut-être que ça l'a impressionné quand je lui ai montrée la première fois, parce qu'il a cru que tout était à nous. Est-ce qu'il serait ami avec quelqu'un qui n'a qu'un appartement de vacances ? Quelqu'un qui n'a ni maison, ni parents ? Les fous, c'est drôle chez les riches. Peut-être que c'est ça qu'il veut vérifier, si je suis vraiment plus riche que lui. En tout cas je ne crois pas à son histoire de pisse et je lui dis que de toute manière il pourra faire pipi dehors, mais ça me torture de dire non à Baptiste et sur le chemin je reste silencieux, principalement parce que j'aimerais savoir pourquoi lui se tait.

20

Le baiser

Son odeur à elle, au début je ne voulais surtout pas la sentir. Éviter les foulards. Éviter de retourner mettre son nez dans les foulards. Ça m'emmène trop loin, trop profond dans l'absence. Vertige sans fin que je renifle des jours entiers. Des nuits entières. Qui ne sont plus des nuits d'enfant. Aujourd'hui j'ai oublié l'odeur. Comme le ruisseau des rires, les foulards ont tourné dans la poussière. Le bruit du manque a recouvert tous les autres bruits. C'est un bourdonnement qui me coupe du monde. Passé et présent. Futur aussi. Le parfum de la mère de Baptiste n'a rien à voir avec l'odeur de terre acide et printanière que je suis en train d'oublier. La mère de Baptiste sent la messe, la poudre. Mais la manière d'offrir son cou, le sillage dans lequel s'affrontent les éthers de whisky et la brume des Gitanes. Ce baiser de mère qui est un baiser de femme. Je le vole chaque soir au père de Baptiste. Baptiste le vole chaque soir à son père. Et le partage avec moi, parce qu'il m'aime beaucoup. Quand elle m'embrasse, Baptiste me regarde avec une certaine cruauté aussi et c'est quelque chose que j'accepte, que j'aime. Les yeux très fixes de Baptiste à ce moment-là. Les mêmes yeux que lorsqu'il m'a embrassé à son tour dans la forêt. À Baptiste j'ai tout dit. À cause de ces baisers justement. Ceux de sa mère. Tout ce que je sais. Au début je voulais répondre comme aux autres, comme toujours. Raconter l'histoire à laquelle j'ai cru, celle qui a été inventée pour moi. Mais il y a eu comme un découragement. Mentir à Baptiste, ça aurait été comme mentir à la plage, à la mer. Ça aurait été comme mentir à un arbre. Ça ne se pouvait plus maintenant. J'étais allé trop loin dans la vérité avec lui. Mais je ne savais pas ce que ça pouvait donner à voix haute. Dire le mot. Imposer cette torsion-là, ce ballet, à mes cordes vocales. Peut-être que si, sur la plage j'aurais eu le courage de mentir, de dire l'accident de voiture, parce que la plage après tout c'est un lieu public. Les gens s'inventent à la plage. Mais pas au milieu des arbres, la forêt c'est une cachette. Enfin il y avait quelque chose de solennel ce jour-là entre nous. Justement à cause des branches qui faisaient couvercle sur le monde. Les habits aussi. La lumière tamisée par la danse des feuilles. Baptiste racontait une histoire, avec comme toujours une foule de détails qui rendaient heureux. Il y a quelque chose de très courageux dans la douceur de Baptiste. C'est elle qui nous protège toujours, même des garçons de la plage, parce qu'ils savent ce qu'il y a dans cette douceur. Leur agressivité ressemble à de la peur pitoyable devant lui. Ce qu'elle est, je suis bien placé pour le savoir. Mais Baptiste, lui, il n'a pas peur, parce qu'il n'a pas la moindre idée de ce que c'est que d'être blessé. Il est possible qu'il n'ait même jamais mangé une pomme farineuse. Il y a des gens que ça rend bête, lui ça le rend miraculeusement beau. On s'est assis par terre, à la faveur d'un nid de racines, et ça je ne m'en suis rendu compte que quand Baptiste m'a posé la question. Avant, comme toujours avec lui, le temps coulait, un moment se versait dans un autre, emportant nos jambes au gré de la conversation. Mais quand il a demandé ce qu'il lui était arrivé, tout est redevenu un. Je n'étais plus les arbres, ni le vent, ni la conversation de Baptiste. J'étais ces deux genoux blancs dépassant d'un bermuda écossais, ces mains tordues, cette voix idiote, cette respiration qui tombe sur une pierre. D'habitude les gens disaient elle est où ta mère et je savais qu'ils savaient mais qu'ils voulaient entendre la mort, pour le frisson. Leurs parents les avaient prévenus d'être gentils avec moi, et ça leur trottait sur les lèvres, ça me rendait spécial, un peu contagieux mais spécial. Ils restaient le temps du frisson, puis ils partaient avec un léger dégoût. C'était une expérience nouvelle, forcément décevante, comme de briser la coquille d'un escargot. Baptiste, lui, c'était différent. Depuis le début il me regardait autrement, toujours content d'être dépaysé. Prenant son temps. Comme un flâneur. Il avait attendu longtemps, le temps de gagner ma confiance, pour commencer à poser des questions. Il avait attendu que je donne de moi-même des réponses. Et puis là, dans les arbres, alors que je lui avais dit ma complicité avec les arbres, le respect, l'amour peut-être. Là dans les arbres, il a demandé, mais avec la même délicatesse que sa mère mettait à cueillir les fleurs pour ses bouquets, ce qu'il lui était arrivé. Peut-être même qu'il a fait ça juste pour me délivrer, pour me délivrer du secret. Comme au confessionnal. C'est à ça que j'ai pensé parce qu'il y avait sur son visage l'ombre des feuilles, comme le grillage de bois derrière lequel se cache le prêtre. Alors j'ai dit la mort exprès. Pas l'accident, mais la mort volontairement. L'abandon. Je me suis rendu compte que le silence, celui des autres, mais le mien aussi, m'avait empêché de penser comment. Comment la mort. Là dans la forêt, le sol a commencé à se dérober d'une manière ignoble sous mes pieds. La mort comment ? C'est là que Baptiste m'a embrassé. Du baiser lui-même, trop soudain, inimaginable, je ne me souviens plus. C'était un baiser volé, comme la morsure d'un cobra, pour me ramener sur la terre, une gifle. Mais je me souviens de la bouche de Baptiste juste après, de ses lèvres carmin qui tout à coup étaient le centre de l'univers et très étrangement liées aux miennes. Il me regardait calmement, l'œil précis, parce qu'il ne voulait rien perdre de ce qui se passait en moi. Pour la première fois j'ai eu peur de Baptiste, de ce qui allait se passer après Baptiste. Il y a eu un changement chimique dans mon cœur, quelque chose s'est précipité. Baptiste s'est précipité dans mon cœur. Plus tard, quand je n'ai plus été avec Baptiste, que je suis rentré à la Villa Magnolia, que je suis rentré et que tout me paraissait nouveau sur le chemin, j'ai ressenti de la colère contre ma grand-mère. Pour la première fois, pendant qu'elle me lavait, pendant qu'elle épluchait les légumes, qu'elle me servait la soupe, j'aurais voulu qu'elle me parle. Pas de la guerre ou d'Yves Saint Laurent, mais de ma mère. C'est affreux de regarder quelqu'un vous mentir. C'est affreux de regarder une famille entière mentir à un enfant quand on y pense. Même la folle qui déborde de partout tient bon sur le mensonge. Le silence, c'est ça mon héritage. Dans le bain, pendant que ma grand-mère se tait, qu'elle me ment en silence, je passe lentement l'index mouillé sur mes lèvres mouillées. À quoi sert un moment ? Alors que dans ma vie tout dure une éternité, on ne cesse de se quitter avec Baptiste. Je suis toujours de retour dans le bain. Mais l'étincelle de son baiser, c'est assez long pour être quelque chose. C'est assez long pour être un secret. Je me sens minuscule ce soir dans mon petit matelas pliable, à côté du grand lit de ma grand-mère. Tout petit parce que je ne vois pas le plafond, avec sa tache bizarre. Je vois le ciel ce soir. Un grand ciel criblé d'étoiles, à la fois immensément vide et incroyablement vaste.

21

Mike Brant

Elle a dit : « C'est pas drôle, il a sauté par la fenêtre », par la fenêtre du sixième étage d'un immeuble dans le seizième arrondissement. Je regarde cette gueule de lion, sur la pochette du 45 tours. Sa grande crinière de fauve et sa mâchoire carrée. Sa mère c'est Bronia, une amie de ma grand-mère, une amie d'avant. Bronia Rosenberg. J'acquiesce. Oui, Bronia. Sa mère à lui. Qu'est-ce qui s'est passé de Bronia à cette pochette ? De Bronia à « Mike », de Bronia à cette chanson… Comment devient-on un lion ? De Bronia à l'immeuble du seizième, j'imagine très bien. Elle dit Bronia vient de la même ville que ma grand-mère, mais elle ne dit pas si c'est là qu'elles se sont rencontrées. « À Lodz. » Peut-être que je connais Lodz, mais je ne saurais pas dire si c'est parce qu'on m'en a déjà parlé, ou parce que j'ai Lodz quelque part en moi. Je cherche dans les lèvres et dans les yeux froncés par le soleil s'il n'y a pas une ressemblance. Mais avec qui ? Je ne sais plus ce qui m'a conduit à ce visage. Ce qu'il y avait avant que ce visage ne se mette à chanter. L'ennui sûrement m'a poussé dans sa chambre. Il fallait quelque chose, alors pourquoi pas l'odeur des cigarillos. Il dit : « L'amour au bout des doigts », alors je me dis oui, je suis venu pour les cigarillos, pour la voir fumer. Elle dit : « Toute la famille est morte pendant la guerre, dans les camps. » Lui il dit : « Rien qu'une nuit, laisse moi rien qu'une nuit. » Quelque part en Allemagne. Elle dit : « Après la guerre, il ne restait que Bronia. » À Lodz, ils avaient une fabrique de collants. Elle dit : « Une maison avec 385 pièces ». Est-ce que c'est vrai ? Mais après la guerre il n'y a plus rien. Et lui, qui dit : « Faire avec toi le plus grand des voyages », il grandit en Israël, dans les kibboutz. Elle raconte les hôtels où il chante, à Tel-Aviv, à Téhéran, les rencontres avec des vedettes. L'incroyable célébrité qui devient une inconsolable tristesse. Il dit : « Et le poisson meurt sans l'eau de la rivière. » Elle dit : « Il ne comprenait pas ce qu'il chantait. » Et puis un jour il devient fou. Elle dit : « Il se croit lui aussi prisonnier des camps, comme moi quand on m'a emmené à la Verrière. » Il dit : « Aussi vrai que nos corps sont nés de la poussière. » Elle dit :

« C'était pas la peine de m'emmener là-bas, j'étais pas malade j'avais juste renversé ma bibliothèque d'adolescente. » Il dit : « La feuille qui grandit a besoin de lumière. » Elle dit : « J'avais dix-sept ans et demi, mes parents, ils n'avaient pas le temps de s'occuper de moi, alors ils m'ont envoyée là-bas. Il paraît qu'elle pleurait maman, quand elle téléphonait à la mère de mon amie d'adolescence. Et après oui, j'étais malade. » Malade comme Mike. Elle dit : « Après oui, j'avais envie de mourir parce qu'on ne sort jamais de ça. » J'ai peur de ce qu'elle va dire. Mais je ne veux pas qu'elle s'arrête de parler. Qu'elle s'arrête de parler avant de me dire ce qui est capable d'emporter même ceux qui ressemblent à des lions. Elle dit : « Je devrais pas te raconter tout ça. » Mais déjà elle reprend tandis que je laisse la fumée des cigarillos faire pénétrer en moi la laideur de son visage, sa voix gluante à elle et sa voix suave à lui qui demande : « Qui saura me faire oublier. » J'avale tout : les visages sur les pochettes, la couverture en vieux patchwork de laine, le bois cireux. Il faut laisser tout ça rentrer un peu sous la peau pour bien entendre les paroles. Il dit : « Vous me dites que d'ici peu je ne serai plus triste. » Il dit : « Qui saura me faire oublier ma seule raison de vivre. » Il dit : « Je n'avais qu'elle sur terre et sans elle ma vie entière je sais bien que le bonheur n'existe pas. »

Et elle, elle raconte l'envie de mourir. Elle raconte toutes les lassitudes en fumant et je ne sais pas si elle se rend compte qu'elle parle à un enfant ou si ma présence, comme le diamant qui frotte les sillons du vinyle, fait sortir des messages gravés en elle depuis longtemps. Elle dit : « C'est comme ça. » Il dit : « J'aimerais bien vous croire mais ma question reste toujours sans réponse. » Et son visage sur la photo du disque, c'est la gueule d'un lion tellement triste, d'un lion de zoo. Et son nom, c'est un nom de cirque. Un nom qui n'a plus rien à voir avec Bronia Rosenberg. Je le dis très vite dans ma tête, très vite à l'infini, et ça fait comme maman, maman, comme quand panier piano, devient paniopané. Le disque est fini, elle se tait. Elle fait mine de chercher quelque chose dans un tiroir. Ça pue. Il fait trop chaud. Je sors de la chambre par la porte-fenêtre sans rien dire. Le balcon est bouillant, la lumière m'aveugle. J'imagine un glaive qui me traverserait de part en part et qui ferait la même chaleur soudaine que le passage de la chambre au balcon, et qui aurait le même éclat. Les deux mains jointes en pommeau, à la façon d'un samouraï, j'enfonce lentement la lame jusqu'au bout. L'envie de mourir là, quelques instants, anéanti par le soleil. Je me figure le sang qui coule presque frais, d'abord de l'abdomen, le long des jambes, puis qui ruisselle sur la tôle chauffée à blanc et dégouline fumant comme de la lave le long de la façade, formant une rivière qui dévale la rue vers la plage, se frayant un passage dans le sable jusqu'à la mer. Du sang pour les méduses, mon sang comme un remède à la mer. Sur la plage, évidemment déserte, il y aurait Baptiste bien sûr, à genoux, serrant la Vierge à son cou en une prière désespérée, les yeux baignés de larmes, lapant mon sang, avant qu'il ne se perde en volutes sombres. Et il y aurait Bronia, main dans la main avec ma grand-mère, comme deux chefs d'État regardant leur pays en cendres. Comme deux généraux défaits. Moi je serais la mer tout entière, et je les regarderais avec amour. D'abord ça m'émeut de penser à tout ça, puis je suis incapable de décider si Baptiste est en polo blanc ou en slip de bain. Puis c'est Bronia qui se met à ressembler à la voisine du dessus, chignon sale et canne de bambou. Je suis parcouru d'un frisson à l'idée de son fils baignant ses plaies et de nos fluides qui se mêlent. Alors je me retire. Le sang reflue de la mer à la plage, de la plage à la rue, de la rue au balcon, pour revenir brûlant et iodé irriguer mes artères. Je dégage doucement le glaive imaginaire à grand renfort de grimaces et pendant que la peau déjà cicatrise, j'entre dans le salon où ma grand-mère dresse la table du déjeuner.

TROISIÈME PARTIE

Les mondes engloutis

22

Le béton

Il n'y a rien de mieux que de mettre la table chez Baptiste. Aller dans l'armoire de la salle à manger et choisir les bonnes assiettes, celles avec les scènes champêtres dessus, sans même avoir besoin de demander à la mère de Baptiste : « Est-ce que c'est celles-là les bonnes ? » Savoir exactement avant même d'ouvrir la porte en bois qu'il faut tourner la clé à l'envers puis faire sauter le petit verrou qui tient l'autre porte, au niveau de la planche du milieu. Connaître l'emplacement de chaque chose. Les verres à pied en haut à droite, ceux à moutarde à gauche. Les assiettes en bas, petites et grandes, avec les tasses et les soupières en porcelaine. Est-ce que savoir qu'il faut tourner la clé à l'envers c'est faire un peu partie de la famille de Baptiste ? Dans le tiroir de gauche il y a les couverts en argent, mais pour tous les jours on utilise ceux de droite, avec le manche comme de la corne, si fêlé parfois qu'il peut vous rester dans la main. Mais ici, personne ne s'énerve pour un objet brisé et quand la lame reste accrochée dans le gigot, on fait un vœu. N'empêche, les mauvais couteaux sont pour le père de Baptiste. Quand il est là, c'est à lui que revient le Grum. Autour de la table, chacun a sa place, sa propre serviette en tissu et un rond en bois sur lequel est inscrit son prénom en brûlé. Le Sopalin c'est pour la cuisine. Moi aussi j'ai le mien. Il n'y a pas mon prénom dessus mais une étoile. Je sais que c'est celui pour les invités mais la mère de Baptiste dit qu'il me va bien, parce qu'un jour, il se pourrait bien que je sois une star. Avec Baptiste on aime bien mettre la nappe, chacun à un bout de la grande table, d'un geste souple, à cause du moment où elle vole au ralenti avant de tomber parfaitement à plat. Ensuite on accroche les pinces en plastique pour éviter qu'elle ne se déplace pendant le repas. Il faut aussi préparer la table roulante avec le pain tranché, la carafe d'eau et la salade. C'est le moment le plus important, celui où je prépare la vinaigrette pour la salade. La mère de Baptiste tient absolument à ce que ce soit moi qui la fasse, parce qu'elle n'en a jamais goûté de meilleure. Baptiste coupe la ciboulette avec des ciseaux dans un verre et moi je mélange la moutarde, l'huile d'olive et le vinaigre. Dans ces moments-là, où tout le monde s'active – sauf la sœur de Baptiste qui trouve toujours une excuse pour ne rien faire – dans ces moments-là, c'est idiot à dire, mais je me sens vraiment heureux. Plus encore que quand je joue avec Baptiste. J'ai le sentiment de respirer librement, que tout autour de moi est à sa place. On se raconte des histoires sans importance, on se tait, mais pas comme chez ma grand-mère où le silence est la somme de plusieurs silences qui n'ont rien à voir. Pourtant même pendant ces instants-là, je ne peux pas m'empêcher de me demander à quoi pensent Baptiste et sa mère. Parfois je tuerais pour savoir ce qui se passe dans la tête de Baptiste. Je le tuerais lui. Quand il ne parle pas, je ne sais plus où il est et je m'en veux d'être incapable de penser à autre chose, d'être vide à l'intérieur. Je suis comme une grosse méduse dont les filaments seraient tous tendus vers lui. Est-ce qu'il s'ennuie ? Est-ce qu'il a trouvé ça nul que je ne veuille pas escalader le mur qui va chez le voisin tout à l'heure ? Est-ce qu'il est content que je dorme chez lui ce soir ? Est-ce qu'il est fier que je sois le meilleur en sauce salade ? Et puis tout à coup il dit à sa mère un truc du genre : « Maman, j'ai repensé à cette symphonie de Beethoven que tu m'as fait écouter l'autre jour, en fait elle n'est pas triste, elle est mélancolique. » Ça m'épate et je me dis qu'il doit y avoir énormément de paix dans son esprit pour y laisser germer de telles idées. J'imagine son espace mental comme une très grande maison aérée, avec plafonds de trois mètres de hauteur et parquet ciré, un piano à queue et de grandes fenêtres ouvertes sur un jardin luxuriant. Quelque chose de bien plus confortable que le taudis aux persiennes duquel j'observe le monde. Quand la table est mise, que tout est prêt, la mère de Baptiste met un disque, parce que quand elle avait notre âge, la musique était interdite chez elle. Alors maintenant, elle fait ce qui lui plaît, comme mettre de la chantilly directement dans une cuiller pour la manger sans rien. « Tu veux peut-être dire aux enfants pourquoi tu n'étais pas là la semaine dernière ? », quelque chose vient de déraper dans le repas. La mère de Baptiste a parlé trop fort. Il faut se concentrer pour rattraper le début de la conversation. Qu'est-ce qu'on faisait ? Trois boules de mie grisâtres entre moi et Baptiste témoignent d'une tentative de modelage d'une vache, d'un chat, d'une licorne. Mais Baptiste ne joue plus. Lui et sa sœur regardent leur père avec intensité. Leur père dont les yeux roulent et le front perle, qui enlève ses lunettes et dit avec une jovialité forcée : « Papa se fait engueuler on dirait. » La mère de Baptiste fixe son verre. « Papa va peut-être nous expliquer en quoi consiste son nouveau projet au Havre alors ? Papa a des projets très excitants cet été les enfants. » À la grimace qui agite sa bouche, je sais que la sœur de Baptiste va bientôt se mettre à pleurer, ce qui n'est pas un événement en soi mais ça m'agace parce que l'amour inconditionnel qu'elle porte à son père me dépasse. « Tu es ridicule chérie, là », le père de Baptiste tend la main avec exaspération, je sens qu'il a envie de se lever, de marcher, mais il pense encore qu'il peut contenir la situation. Que le regard de la mère de Baptiste va quitter le flou et qu'elle va sourire, s'allumer une cigarette et dire quelque chose de gentil. Moi je sais que ça n'arrivera pas. Mon expertise en colère m'indique clairement que la mère de Baptiste est trop proche du point de fusion pour redescendre sans fracas. Normalement à ce niveau-là il faut casser quelque chose, ou se faire du mal. Je jette un œil à Baptiste. Il est impassible. Son cerveau n'a pas encore de chemin tracé pour ce genre de situation, me semble-t-il. Un battement au niveau de sa paupière droite trahit néanmoins une intense activité. Des ponts se dressent, des zones s'activent. Mon esprit en revanche connaît parfaitement la route :

toute cette histoire de projet au Havre va me retomber dessus. Au fond ce que je pense, c'est que le père de Baptiste ne peut pas m'encaisser. J'ai peur qu'il le dise là maintenant : « Eh bien oui, je vais vous le dire les enfants, je vais au Havre parce que je ne peux pas supporter ce garçon et ses manières, voilà tu es contente ? » Je baisse les yeux. Mais il ne dit rien. Il feint un appétit qu'il n'a plus, joue ridiculement à l'homme qui mange, coupant des morceaux de viande qu'il mâche théâtralement. Entre deux bouchées, ses lèvres tremblent des mots qu'il ne dit pas. La mère de Baptiste le regarde attendrie. Elle aussi boit comme si elle était sur scène, plus belle que jamais. Soudain je me demande même si elle ne s'est pas habillée spécialement pour l'occasion. Spécialement pour humilier son mari. Du serre-tête aux talons aiguilles, rien ne paraît s'imposer pour un dîner en famille un soir d'été à la mer. Elle porte un tailleur noir et un chemisier crème. Son dos est droit, ses gestes n'accusent pas la moindre hésitation. Seulement peut-être croise-t-elle les jambes un peu trop souvent, dans un sens puis dans l'autre. « Les enfants, dit-elle d'une voix pleine de fumée, les enfants, papa a une nouvelle passion pour le béton. Tu vas leur parler du béton n'est-ce pas ? C'est solide le béton, c'est dur, ça ne s'affaisse pas comme la vieille pierre, n'est-ce pas chéri ? » Licorne, vache et chat forment maintenant une boule informe que Baptiste malaxe vigoureusement, la tête baissée, comme s'il essayait de résoudre un rubik's cube incolore. « C'est ridicule, vraiment. Les enfants, allez jouer. Franchement, c'est fin, c'est très très malin, alors ça, c'est très mature, devant les enfants, avec des invités… », ça y est le père de Baptiste m'a cité, je ne vois pas comment tout ça pourrait bien se terminer pour moi, même si on sort de table, qu'est-ce que je vais bien pouvoir faire ? Je ne veux pas, surtout pas que Baptiste se sente humilié devant moi. Qu'il puisse m'en vouloir d'être témoin de ça, de son père nageant dans la sueur de son front, de sa mère en équilibre au bord de son verre de vin et de lui, ne sachant pas quoi faire pour la première fois depuis notre rencontre. Les lèvres de Baptiste sont pâles. Et sa maison inhospitalière. Je n'y ai pas ma place en cas de drame, aucun refuge. Je dois m'y comporter quoi qu'il arrive. Les bras ballants, j'attends que quelqu'un me donne des indications pour la suite. Incapable de quitter la table de mon propre chef, je commence à inventorier dans ma tête toutes les tâches qu'il me reste à accomplir ici avant de rentrer chez moi, avant le matin. Se laver les dents, faire pipi, se mettre en pyjama, dormir. Si toutefois on ne me renvoie pas chez ma grand-mère. Ce serait tellement humiliant. Heureusement la sœur de Baptiste se met enfin à pleurer et crie : « Maman arrête », dans un sanglot. Debout sur sa chaise, elle se jette dans les bras de son père qu'elle serre amoureusement enlacée à son cou. Lui, visage de mauvais gagnant lève un sourcil entendu vers la mère qui observe sa fille avec compassion. « Très bien, papa, est un architecte formidable, Le Havre a beaucoup de chance de profiter de son talent. » Mais personne ne l'écoute. Baptiste m'attrape le bras et m'entraîne vers l'escalier que je monte sans un mot, tandis que son père sort dans le jardin avec la fillette dans les bras. La mère de Baptiste, seule parmi les restes s'allume une cigarette, regarde un instant la flamme avant de souffler l'allumette et de se laisser glisser sur sa chaise, le cou en arrière. Du haut des marches, je ne vois plus que son pied nu dans lequel elle plante en silence l'aiguille de son talon.

23

Les autos-tamponneuses

La mère de Baptiste me regarde droit dans les yeux. Pas le regard qui me donne envie d'être sur une passerelle d'avion, dans un nouveau pays un jour de printemps. Des petits yeux inquiets. Je voudrais qu'elle me sourie, qu'elle pose un baiser sur ma joue et me tende une citronnade en disant : « Allez jouer les garçons ». Mais je suis seul avec elle dans la cabine de bois et ses yeux fouillent en moi des contrées défendues. « Tu comprends ce que je te dis ? », elle me demande doucement. Ce que je comprends c'est que quelque chose est rompu entre nous, la mère de Baptiste vient d'enjamber la frontière invisible qui la séparait des autres adultes. Juste derrière la porte de la cabane, il y a le sable brûlant, mais sous mes pieds il est froid et humide. Le soleil n'arrive ici qu'à la faveur d'un nœud dans le bois, d'une planche disjointe.

Il fait sombre. Surtout quand on entre, à cause de la différence entre la lumière immense de la plage et la nuit compacte du tout petit espace de la cabine. On vient ici pour se mettre en maillot ou pour chercher un seau, des pelles, le cerf-volant. Avec Baptiste on vient aussi pour discuter au frais, allongés par terre, les pieds au mur parmi les parasols et les transats pliés. Les cabines blanches, c'est pour les vraies familles. Elles sont alignées en rang serré le long de la plage, une centaine peut-être, toutes semblables pour qui ne les connaît pas. Mais celle de la famille de Baptiste porte le numéro 17 et ferme avec un cadenas bleu dont je connais le code. Quand elle est ouverte, je sais que Baptiste est là. Mais ce matin, avant même les cabines, j'ai vu qu'il était en train de jouer avec des garçons près de la digue. Deux garçons blonds, dont l'un a l'air plus grand, plus fort, avec des muscles sur le ventre et sur le torse. Il projetait son corps contre la balle du Jokari pour l'arrêter en plein vol, criait de joie quand elle s'écrasait sur sa peau dans un bruit mat. Baptiste aussi courait dans tous les sens, excité et heureux. Sur de grandes serviettes, le père et la sœur de Baptiste rêvassaient indifférents. D'ordinaire, me voyant arriver (et elle me voyait toujours arriver), la mère de Baptiste lançait un malicieux « oh mais regardez qui voilà », accompagné d'un grand sourire et d'une main tendue. Une main qui ne comblait qu'un tout petit peu de l'espace entre elle et moi, mais qui m'invitait. Ou alors c'est Baptiste qui levait la tête et trottait à ma rencontre en commençant déjà à me raconter une histoire rendue inaudible par le vent. Mais aujourd'hui, avec les deux garçons blonds je ne voyais pas du tout comment j'allais pouvoir percer la bulle invisible qui séparait la famille de Baptiste du reste de la plage. Sans un signe, un simple regard aurait suffi, je ne savais pas comment m'y prendre. Quand bien même je trouverais le courage de m'annoncer, je serais paralysé par les manières de panthère du garçon blond. Il me fallait rebrousser chemin, partir avant que Baptiste ne m'aperçoive et revenir une autre fois. Mais c'était sans compter sur la mère de Baptiste qui m'attendait en embuscade derrière les cabines. Assis sur la glacière, comme elle m'y a invité d'un geste autoritaire, je soutiens son regard de cendre. Loin de ses enfants elle est encore plus belle. Mais il ya une boule dans ma gorge. La balle de Jokari dont on entend encore l'impact sur la peau du garçon. Je sais que si je parle, si j'essaye de dire quelque chose, ce sont les larmes qui vont sortir. Et avec elles, ce chagrin immense qui dort en moi et que je ne sais pas arrêter quand il se réveille. Comme les vagues dans lesquelles Baptiste m'emmène et qui me tirent sous l'eau, m'écrasent et m'aspirent à nouveau au moment même où je crois qu'elles me délivrent. Puis me recrachent à demi asphyxié sur la rive, un peu moins vivant. De toute façon je ne sais pas quoi répondre, ce que vient de dire la mère de Baptiste, je n'en pense rien. Oui, Baptiste m'avait prévenu que Pierre et Luc, ses cousins, venaient pour la journée et oui, c'est vrai, déjà quand il m'avait proposé de les rejoindre je m'étais renfermé. Moi non plus je ne sais pas où il va le petit garçon joyeux et roublard quand il y a des gens qu'il ne connaît pas, surtout des garçons de son âge. Et oui, je sais que je ne pourrai pas toujours me cacher. Et peut-être effectivement que si je ne change pas je serai malheureux toute ma vie, que des garçons comme Baptiste, ça ne court pas les rues et qu'il ne sera pas toujours là pour me protéger. « Il faut que tu t'ouvres », elle me répète plusieurs fois. Elle aussi a eu une enfance difficile, je serais étonné si je savais d'où elle vient et même si c'est injuste, les gens comme nous doivent redoubler d'efforts pour se construire. « La différence, tu verras, c'est une force ; plus tard ce sera ta force. » Ce qui me rend le plus malheureux c'est de penser que depuis le début elle me regarde comme ça elle aussi, avec pitié. Juste une forme améliorée de la pitié. Je dis oui et des larmes commencent à couler. Alors la mère de Baptiste veut me prendre dans ses bras, mais je sais qu'il ne faut surtout pas, qu'il faut rester dur. « Est-ce que je peux rentrer ? », je demande et j'ai honte parce que les mots sortent étrangement déformés. « Ce sera notre petit secret », elle me dit en pressant une serviette de bain incroyablement douce et épaisse sur mon visage, « tu sais, je te parle parce que je t'aime beaucoup ». Je sors de la cabane sans regarder vers la plage parce que je ne veux pas voir si Baptiste est toujours en train de jouer, je ne veux pas revoir les cousins et surtout pas qu'ils aperçoivent mon visage bouffi. Je remonte le petit escalier qui mène à la rue et je la longe en rêvant que Baptiste m'appelle, qu'il me coure après et que voyant mes larmes il se mette à pleurer lui aussi et que le chagrin soit notre langage, qu'il nous emporte comme une cascade vers des lieux que personne ne connaît, des clairières au milieu de la forêt où il n'y aurait que nous deux, où l'on vivrait en pêchant du poisson et en faisant du feu. On dormirait dans une cabane de bois avec des passerelles et des lianes dans les arbres, et nos copains les singes nous protégeraient des charognards et de tous les autres dangers qui guettent au pied des arbres. Je ne peux pas rentrer maintenant à la Villa, parce que j'ai dit à ma grand-mère que je serai là à l'heure du déjeuner et il n'est pas question qu'elle découvre les yeux rouges et la bouche tordue par le chagrin. Alors je me dirige vers le méridien en repensant à ce que m'a dit Baptiste un jour, que les enfants ne marchent jamais face au soleil quand ils se perdent sur la plage mais toujours dans l'autre sens, pour ne pas être éblouis. Mais moi, je ne veux surtout pas qu'on me retrouve, seulement que quelqu'un me cherche. Sur le banc devant le méridien, il y a le géant, assis les deux mains posées sur son ventre rond. Sans même lui dire bonjour, je me poste face à la mer et je fais semblant de regarder devant, l'Angleterre, comme si j'étais venu exprès pour ça, un pied de chaque côté de la ligne du temps. Dans la lumière, avec le soleil sur le visage, le géant est encore plus étrange qu'au bar-tabac. Les couleurs se chevauchent sur sa figure comme sur un tableau, du rouge du rose, et puis d'autres plus sombres qui ne devraient pas y être. J'ai peur qu'il fonde au soleil s'il reste là trop longtemps mais je suis prêt à couler à ses côtés si cela me garantit que personne ne viendra plus jamais fouiller dans ma tête. Après un moment, comme s'il reprenait une vieille conversation, le géant redresse son dos et me dit de sa voix essoufflée : « Tu vois petit, parfois quand on est trop tout seul on finit par ne plus savoir comment parler aux autres. Mais dis-toi bien que les autres, ils ont aussi peur de toi que toi d'eux. Et plus ils parlent fort, plus ça veut dire qu'ils ont les chocottes. » Il sort un paquet rouge de la poche de sa chemise, allume une cigarette avec un briquet à essence, tire une bouffée profonde, se tait à nouveau. Puis après avoir craché deux grands traits de fumée par le nez : « Tu sais ce qu'il me disait mon père ? Un homme ça doit savoir sauter à pieds joints dans son slip. Tu entends ça ? C'est con hein ? » Il rigole. « C'est con, mais j'ai essayé des dizaines et des dizaines de fois. J'ai essayé pendant des années. Je savais même pas ce que ça voulait dire être un homme, mais je voulais que mon père soit fier de moi. Et ben tu vois, j'ai cinquante ans et j'y pense encore tous les matins en mettant mon falzar. » Il rigole, tousse, essuie son front avec un mouchoir, se remet à fumer et je vois bien qu'il ne va plus parler. Je voudrais lui poser une question. N'importe quoi pour qu'il raconte encore. Parce que quand il parle, je ne pense à rien d'autre qu'à l'écouter. Je cherche mais rien ne vient, rien ne vient à part les méduses. Je dis : « Vous êtes pêcheur ? » Il prend son temps, il a des tics sur le visage, je me demande s'il a entendu, si j'ai parlé assez fort. Je me demande même si j'ai parlé. Il reprend une nouvelle cigarette, puis dans une odeur d'essence : « Pécheur, voilà. » « Est-ce que ça souffre les méduses ? », je demande. « Bien sûr que la mer elle souffre », il me dit énervé, en regardant très loin. « La mer fait souffrir les hommes, mais elle en bave aussi, il faut pas croire. » « Oui mais les méduses ? » « Les méduses aussi. » « Même celles qui sont sur la plage ? » « Non, celles-là elles sont mortes, plus rien ne les fera souffrir. » Il dit ça en balayant l'air de sa main, marmonne quelque chose que je ne comprends pas, absorbé dans ses pensées. Puis me regardant à nouveau avec gentillesse : « La mer tu sais, elle ne te juge pas ». Il lance son mégot, croise les bras sur son ventre, prend une grande respiration. Il a l'air content. Moi aussi je suis content. Je me sens calme. J'aimerais bien le revoir. Je voudrais lui dire merci pour les méduses, que je suis soulagé de savoir qu'elles étaient déjà mortes, ça m'enlève un poids. Le géant met de la distance entre moi et le monde. Avec lui à mes côtés, les cousins de Baptiste me font moins peur. Même sa mère, même d'avoir déçu sa mère me semble moins grave. « Dis donc elle doit être en train de te chercher ta tata, file avant qu'elle s'inquiète. » Je sais qu'il dit ça parce qu'il est gêné, parce qu'il a peur de m'ennuyer, de m'effrayer un peu avec ses histoires. Je vois qu'il n'a pas l'habitude de parler aux enfants. Sur le chemin du retour, la semelle de mes tennis bien parallèle au pavé, je repense au rituel des slips. Quand on se déshabille chez Baptiste, vient le moment où il faut enlever son slip pour se mettre en pyjama. Alors chacun se met dans son lit, sous les draps, et il faut baisser son slip et enfiler le pyjama très vite, avant qu'un de nous deux ne tire la couverture pour mettre l'autre cul nu. En fait, personne ne tire jamais la couverture, mais ça nous donne des fous rires. Rien que d'y penser, j'en rirais, là, sur l'avenue de la République. Parce que je me rends compte que pour la première fois, avec Baptiste, je n'ai plus l'impression d'être prisonnier des autos-tamponneuses. Une fois mon père m'a emmené à la fête à Neuneu. C'est moi qui avais demandé, à cause de l'affiche dans le métro. Pas les grandes affiches des couloirs, les petites, celles qui sont au fond des wagons. En général, dessus, il y a un chien ou un chat et c'est écrit : « Biocanina, pour les aimer longtemps. » Parfois je les vois tellement tout le temps que la phrase tourne en boucle dans ma tête. L'affiche de la fête à Neuneu, c'était autre chose, comme la promesse d'une évasion. En fait ça a été une journée vraiment triste. Pas à cause de mon père, ou parce que les attractions n'étaient pas bonnes, mais parce que je n'avais pas d'ami. Même le train fantôme qui n'était vraiment pas comme j'avais imaginé, avec un copain comme Baptiste, ça aurait été joyeux. On se serait moqué des monstres en carton-pâte et du monsieur caché sous un drap noir qui agitait une main de squelette au passage du train. Lui peut-être, il était plus à plaindre que moi ce jour-là. Mais ce qui est étrange, c'est que même ça, ça ne m'avait pas découragé. J'avais absolument voulu faire tout ce que j'avais prévu. Au palais des glaces, je m'étais cogné dans une vitre et des grands s'étaient moqués de moi, mais ça ne m'avait pas arrêté non plus. Au tir à la carabine, j'avais tout mis à côté de la cible et le gars du stand m'avait appelé mademoiselle, mais je ne m'étais pas formalisé pour autant. C'est une fois dans les autos-tamponneuses que j'ai été vraiment triste. J'étais à peine installé dans ma petite voiture rouge qu'une sirène a retenti et que les autres gamins se sont mis à rouler dans tous les sens. Alors que je peinais à faire avancer mon engin, un garçon m'est rentré dedans sur le côté, de plein fouet. Il m'a regardé avec un grand sourire, et puis il m'a contourné. Avant que j'aie eu le temps de redémarrer, il m'a percuté une seconde fois, encore plus fort de l'autre côté. C'était le jeu de se rentrer dedans, c'est pour ça qu'on appelle cette attraction les autos-tamponneuses et aussi qu'elles sont entourées d'un énorme boudin de caoutchouc. D'ailleurs quand la voiture du garçon m'est rentrée dedans, je n'ai pas eu mal ni rien, ça a juste secoué un peu. Mais il avait l'air gentil et je n'avais pas du tout envie de le cogner avec mon auto. Alors j'ai commencé à rouler vers un coin de la piste où il n'y avait pas trop de voitures. En chemin, j'ai quand même essayé de percuter d'autres enfants pour voir ce que ça faisait. Mais il faut avouer que je n'étais pas très doué. À un moment, en reculant, j'ai fini par rentrer dans une autre voiture, très fort, pas vraiment exprès. Dedans il y avait deux grands, de douze ans quelque chose comme ça et ils ont dit qu'ils allaient me « marave ». Un des deux a même fait un geste avec son doigt, comme un couteau sous la gorge, et ça m'a fait peur, parce qu'en fait moi je ne voulais percuter personne, et que personne ne me percute non plus. Le garçon qui avait l'air gentil s'était fait un copain et ils entrechoquaient leurs autos en riant. Moi je me sentais encore plus seul qu'à la maison. Au moins quand je regarde la mire personne ne me voit. Là, sur la piste, j'avais compris que j'étais pas fait pour le grand air. Alors j'ai prié pour qu'elle ne me voie pas. Je ne crois pas au Paradis, mais quand même j'espère souvent qu'elle m'observe. Je me sentais honteux d'avoir voulu aller à la fête à Neuneu avec mon père, d'avoir cru que je m'amuserais. Cette image de moi ne me quitterait pas, je le savais. Et de fait, elle ne m'avait pas quitté jusqu'à aujourd'hui. À chaque fois que j'arrive dans une pièce avec d'autres enfants, à un goûter d'anniversaire, ou même souvent dans la cour de récré, je me revois au volant de ma voiture rouge, maladroit, isolé, fragile. Mais pas avec Baptiste. Avec Baptiste, pour la première fois, je ne me sens pas sur mes gardes en présence d'un autre garçon. Je ne crains pas de me faire percuter par surprise.

24

Le Playmobil

Quand Baptiste m'a dit qu'il fallait que j'apporte quelque chose à enterrer aux Vaches Noires j'ai tout de suite pensé à Vera. Là-bas, le sol peut avaler un enfant en vingt minutes. C'est très sérieux, c'est là qu'on a trouvé les premiers squelettes de dinosaures. Parfois les vacanciers s'aventurent dans les alentours pour chercher des coquillages fossiles, comme ceux qui sont sur le guéridon à la Villa. Mais c'est très dangereux. Les pompiers viennent presque chaque été délivrer des touristes pris au piège. Quand je me promène le long de la plage avec ma grand-mère, on ne s'approche jamais des gros rochers qui paissent au pied des falaises. Les Vaches Noires forment la frontière ouest de notre tout petit territoire. Mais elle m'a prévenu : si je suis pris dans les sables mouvants, il faut faire comme si je montais un escalier, calmement, et ne surtout pas gigoter dans tous les sens, ça ne ferait qu'accélérer l'engloutissement. Je dis oui, mais je sais bien au fond de moi que si j'étais prisonnier, je ne ferais pas le moindre geste pour m'en sortir. J'y songe parfois, au contraire, comme à quelque chose de très doux. Le sable froid sous mes pieds qui se dilate pour me faire de l'espace, qui m'accueille et peu à peu m'enveloppe, redonne à mon corps des contours précis. Au fur et à mesure que je m'enfonce, je sens que la fureur s'apaise. À la manière d'un linge frais et humide posé sur le front d'un malade, le sable mouillé calme ce qui flambe en moi. Le sable m'épouse et c'est un immense soulagement, comme les larmes ou le sommeil. Je suis enfin à ma taille, à ma place, presque me semble-t-il : de retour. La seule chose qui m'ennuie un peu, c'est l'air, ce petit moment de panique, avant de s'habituer au manque d'oxygène, quand le sable entre dans le nez et qu'on voudrait le chasser de la main. Je m'entraîne un peu devant le miroir de l'armoire dans la chambre, mais je ne peux m'empêcher de faire le pitre et d'écarter les narines comme Baptiste m'a appris, ce qui a pour effet d'affadir la tragédie de ma disparition. De toute façon, j'ai autre chose à faire que de jouer les suppliciés, puisque je cherche Vera, le Playmobil dont j'étais amoureux au début des vacances. Il y a encore deux semaines je ne la quittais jamais. Ni pour manger ni pour dormir et évidemment pas pour le bain. Jamais pour personne je n'avais ressenti un tel amour. Un amour tragique parce qu'il ne sera jamais à la hauteur de sa pureté, de sa solitude et de sa fragilité. Ce que j'admire chez Vera, c'est qu'elle ne laisse rien paraître. Grotesquement retournée, comme un Gavroche de plastique, le nez dans un ruisseau de savon, Vera gît maintenant sur le bord de la baignoire. Je sèche d'un doigt délicat ses deux yeux ronds et son sourire taché de calcaire. Ce sourire inébranlable qui m'ébranle tant. Voilà pourquoi il faut l'emporter aux Vaches Noires, pour la soustraire à son destin de jouet. Je me ferai moins de soucis pour elle quand elle sera morte, je n'aurais plus à m'inquiéter de ne pas bien m'en occuper. De beaux adieux valent mieux que l'indifférence d'un coffre à jouets. Et puis, je ne connais pas beaucoup de Playmobil qui ont eu droit à un enterrement de première classe avec vue sur la mer. D'ailleurs je n'y connais rien en enterrement, puisque je suis trop jeune pour y assister. Je suis donc libre quant aux préparatifs. Direction la cuisine pour lui fabriquer un sarcophage d'aluminium. Mais quand je sors de la salle de bains, je m'aperçois tout de suite que quelque chose cloche. Le silence de la Villa est plus profond qu'il ne devrait l'être à cette heure-ci. Ni bruit de vaisselle, ni eau qui coule. J'appelle ma grand-mère. Pas de réponse. Ma tante. Pas de réponse. Je pousse la porte de la cuisine, j'ouvre celle de la chambre, j'explore le balcon, et par le balcon la rue. Rien. Je suis seul. Les mains moites, j'arpente l'appartement à nouveau, pour être sûr, pour écarter la possibilité d'une improbable farce. Personne. Je me laisse tomber sur un fauteuil. Pris par le jeu, peut-être que je n'ai pas entendu ma grand-mère qui me prévenait qu'elle partait faire une course. Et ma tante est sans doute allée au café. « Toujours la lune », dit ma grand-mère parce que je n'écoute jamais quand elle me parle. C'est sûrement ça. Je cherche le dernier souvenir, la dernière image que j'ai d'elle. Mais tout se mélange dans l'abécédaire des tâches de la maison. Quand l'ai-je vue repasser une blouse à fleurs, il y a cinq minutes ou hier ? Puis-je jurer qu'elle était en train d'éplucher des légumes à la cuisine alors que je petit-déjeunais au salon ? Depuis combien de temps suis-je seul ? L'angoisse me fait chuter dans les entrailles du fauteuil. En tout cas, quelqu'un a débarrassé la table du petit déjeuner et ce n'est pas moi. À cette nouvelle rassurante, mon cœur ralentit un peu. Sauf si je n'ai pas petit-déjeuné. Je me concentre sur la pendule du salon pour reprendre pied. Onze heures quinze, c'est effectivement une heure cohérente pour les courses. Mais la mèche de mon angoisse brûle déjà et me voilà de retour dans le train avec papa. L'œil rivé sur ma Swatch rouge, quand à peine installés dans le compartiment, les valises arrimées au-dessus de nos têtes, mon père décide d'aller chercher les journaux ou des cigarillos. Pardessus à la main, il s'engouffre en marmonnant dans le tumulte de la gare, me laisse pantois, livré à une inquiétante incertitude ferroviaire. D'abord je regarde l'heure sur ma montre pour savoir le temps qui reste avant le départ. Cinq minutes, c'est trop juste pour les journaux. Un compte à rebours infernal se met alors en route. La porte s'ouvre brusquement, je me crois sauvé, mais ce n'est pas lui. Un voyageur qui n'a pas su comprendre le drame qui se jouait dans le compartiment et qui l'ayant vu occupé, est reparti sans un mot. Le temps se disloque, le train va partir et mon père ne revient pas. Je commence à pousser des petits soupirs, ceux qui précèdent les pleurs, je grimace, fébrile. Que va-t-il se passer une fois le train parti ? Dois-je prévenir le contrôleur ? Faudra-t-il descendre au prochain arrêt ? Attendre le terminus ? Quelle est notre gare d'arrivée ? Quoi que je décide, je me tromperai, j'aurai fait honte. Les pensées s'entrechoquent, puis plus rien, à part une sirène sourde dans mon crâne et des cadavres de chiens. Je regarde le cadran, il ne reste que trente secondes avant le départ du train. Plus que vingt. Plus que dix. Cinq, quatre. Mon père ouvre la porte du compartiment et sans me jeter un regard, perdu dans ses pensées, s'assoit sur le siège en face du mien et déplie son journal. Ravalant mes larmes, je regarde hébété les immeubles glisser par la fenêtre tandis que le fracas du train me ramène peu à peu à la surface. Onze heures quarante. À cette heure-là ma grand-mère devrait déjà être rentrée. La soupe devrait cuire. Et s'il y avait eu un accident ? Quelque chose de tellement épouvantable que ma mémoire aurait refusé de l'enregistrer. Une crise d'une violence inouïe, les pompiers, des sirènes, le bleu d'un gyrophare balayant les murs du salon. La mort danse maintenant pour moi, une danse du ventre effrénée que j'avale les yeux ronds, ensorcelé par le corps écrasé de ma tante au pied de la Villa, la dépouille roide de ma grand-mère sur un brancard. Au lieu des larmes c'est la salive qui se met à affluer dans ma bouche. Ça vient de sous la langue, ça submerge le palais. Des gorgées entières de salive, une noyade intérieure. Il y en a tant que je suis obligé de me lever pour aller cracher le trop-plein debout devant l'évier de la cuisine. L'eau se met à jaillir de mon ventre dans un spasme, des trombes d'eau. Je suis traversé par une rivière au galop. Puis le silence à nouveau, la tête vide, le ventre creux. Je chancelle dans la cuisine. Ce qui compte ce n'est plus la mort, la mort de ma grand-mère, ce qui compte maintenant que sa disparition est actée, ce qui compte c'est de se détacher d'elle. De se persuader que je ne l'aimais pas tellement, que sa mort ne me changera pas. Non, ce qui sera ennuyeux c'est d'affronter le regard de ceux qui penseront que je suis maudit, qui diront que le sort s'acharne, que je sens la mort. Et pire encore, la pitié. S'habituer à un degré de pitié insoutenable. Qui s'occupera de moi ? Dans ma main moite baigne le petit corps plastique de Vera. Sourire accablant. Je décapsule d'un coup d'ongle sa chevelure noire, catapultée de l'autre côté de la pièce dans laquelle ma grand-mère entre essoufflée, un cabas rempli de provisions à la main.

25

L'enterrement

« C'est là, dit Baptiste en plantant son bâton dans le sable mouillé. Tu vois, l'endroit où la vase fait des bulles. » Je ne vois pas de bulles, mais je distingue des rides dans le sol. On a marché longtemps, je le sais parce que j'ai soif. Il a fallu passer derrière la maison de Baptiste, par une vieille porte en bois vermoulu qui ouvre sur un chemin de terre étroit, bordé d'une végétation épaisse et épineuse. Tout en mangeant des mûres attrapées sur notre passage on a gagné un sentier à l'entrée duquel un panneau prévenait « Zone Dangereuse ». Baptiste n'a pas fait attention et il a continué de son pas déterminé, parce qu'il connaît déjà la route. Je l'ai suivi sans rien dire, en écoutant le sol craquer sous nos semelles. La marche est une conversation en elle-même. Tantôt Baptiste avance devant et je mets mes pas dans les siens et tantôt c'est lui qui me suit. Mais qu'il soit devant ou derrière, que je l'entende dans mon dos ou que je regarde sa nuque, j'ai l'impression qu'il m'échappe. Alors que nous sommes seuls sur le sentier, Baptiste me manque plus cruellement que lorsqu'il n'est pas là. Je ressens même de l'agacement contre lui. Contre ses foulées conquérantes. Je lui en veux pour toutes les pensées qu'il me cause. Lui qui suit le fil des siennes en m'accordant l'attention d'un maître pour son chien. Sans se demander si je suis heureux, si j'ai faim, ce que m'évoque ce paysage qu'on dirait griffé par la patte d'un animal géant, avec ses profonds sillons noirs parfaitement parallèles. Baptiste pense pour lui-même, marche pour lui-même. Et moi, je lui offre chacun de mes gestes. Il n'a rien dit tout à l'heure lorsque je lui ai montré la boîte avec Vera enveloppée dans son sarcophage d'aluminium. Il ne s'est pas demandé pourquoi j'enterrais avec elle un morceau d'assiette cassée et un ticket de patinoire datant de 1967. Alors que moi je sais tout du petit éléphant brisé offert par sa mère et de ses dents de lait, fragiles morceaux d'émail qu'il veut confier aux bons soins des archéologues du futur. Un jour peut-être des millions de badauds se presseront pour admirer les canines de Baptiste. Sauf que la boue normande ne veut pas de nos reliques. Elles sont trop innocentes pour les Vaches Noires. J'ai lancé la boîte à l'endroit des rides, là où Baptiste a touillé avec son bâton, exactement là où, selon son père, se trouvaient les sables mouvants. La terre noire et dure s'arrête et devant c'est une piscine de sable gluant, nue de toute végétation, dont le trop-plein se déverse en coulée grise le long des falaises. Ce sont les fameuses marnes. Celles qui ont avalé les dinosaures. Mais pas Vera : elle se dandine sur le sable à côté de l'éléphant de Baptiste. Ce n'est pas du tout ce que nous avions imaginé. Pas le moindre bruit de succion, celui qu'on imitait à tour de rôle en criant : « Attends je l'ai ! Attends je l'ai ! » avant de faire rouler de l'air et de la salive à l'avant de la bouche. Le sol est silencieux. En fait d'inhumation, on dirait les restes d'un pique-nique. Avant d'aller les ramasser, Baptiste touille le sable pour en éprouver la rigidité et brise son bâton. Rassuré, il pose un pied timide, fait un pas, s'immobilise avec des gestes d'équilibriste. Rien. Il continue sa marche à pas de loup et je m'apprête à le rejoindre, quand une de ses chevilles s'enfonce dans la vase. La mare de sable n'est pas plus grande qu'une piscine gonflable. Trois pas vers moi et Baptiste sera au sec, deux pas de l'autre côté vers la falaise et il récupère nos affaires. Mais son pied est coincé. Il me regarde en souriant, sans un mot, comme s'il ne fallait pas réveiller la bête sous la surface. Mais c'est trop tard, tandis qu'il tente de dégager sa jambe le sable se liquéfie et c'est l'autre qui s'enfonce à son tour jusqu'au genou. Voilà Baptiste dans une position inconfortable, figé en pleine action, ses deux jambes trop écartées pour qu'il puisse prendre appui sur l'une d'entre elles. « Oups », chuchote-t-il en m'adressant un regard désolé. Je suis à deux mètres de lui, mais une frontière nous sépare. Je m'en approche le plus possible, mais c'est encore trop loin pour lui tendre la main. De toute manière il ne pourrait pas l'attraper puisqu'il me tourne le dos. Je m'avance encore mais quand j'arrive au bord, je retire le pied comme d'un bain trop chaud. « Va plutôt chercher un bâton », propose Baptiste. Mais j'ai beau regarder partout, il n'y en a nulle part. Toutes ces branches de bois mort dans le sentier et là plus rien. Même pas une brindille. Je repense au bâton que Baptiste m'avait apporté quand je tuais des méduses pour lui et comment c'était moi alors qui étais paralysé par la peur. Je me retourne vers Baptiste. Il s'est enfoncé encore un petit peu, mais pas beaucoup plus. Il est calme. « Ne t'inquiète pas, je lui dis, si tu ne bouges pas tout ira bien. » « Je sais, mais fais vite quand même parce que je tiens pas à moisir ici. » C'est admirable cette confiance entre nous, cette complicité. Personne ne panique, personne ne crie. On dirait qu'on s'est préparés à cette situation depuis des jours, qu'on est préparés depuis le début. Quand même je me dis, c'est étrange, ça aurait été plus logique que ce soit moi dans le sable et lui qui aille chercher de l'aide. Chacun aurait été dans son rôle, moi moins courageux que lui et lui plus débrouillard que moi. Je continue un moment à chercher un bâton assez solide pour le tirer du marécage, mais je tourne en rond parce que je n'ose pas partir plus loin. Plus loin, ça veut dire que je ne verrai plus Baptiste, que je ne l'entendrai plus s'il m'appelle. Il a trouvé une position à peu près tenable, appuyé des deux mains sur son genou. Assez fort pour reposer son dos, mais pas trop, pour ne pas peser sur la jambe. Je ressens pour lui une tendresse infinie, aussi grande que la mer qu'on aperçoit au loin. Une chose de cette taille-là, je croyais qu'il n'y avait que la peine qui pouvait l'atteindre. Baptiste aussi pourtant. Si Baptiste disparaissait dans le sable maintenant, personne ne saurait jamais pour notre amitié, personne ne pourrait comprendre ce que j'ai perdu. Et dire que j'étais fâché contre lui tout à l'heure, que je trouvais qu'il ne m'aimait pas assez. Qu'importe puisque maintenant il ne pense qu'à moi. Son esprit tout entier tourné vers moi. Oh, comme il doit bien m'aimer. Une corde invisible, plus solide qu'une chaîne se tisse à la force de ses pensées. Je suis son lien au monde. Je descends le sentier et tout ce qui était colère en grimpant la pente a maintenant disparu. Que je peux m'emporter pour rien parfois. Depuis le sentier j'aperçois la plage en contrebas, au pied des falaises. Les vacanciers, petits personnages de crèches de Noël forment une colonie en exil au bord de l'eau, comme les pionniers d'un monde nouveau. Le vent souffle délicieusement dans mes cheveux tandis que je cours à leur rencontre.

26

Pipi au lit

Réveil en sursaut dans la chaleur de pisse du matelas. L'instant d'avant c'était si doux. J'étais là-bas à nouveau. Là-bas comme jamais parti. J'avais retrouvé l'odeur, le goût des choses, le sentiment de vivre ma vraie vie. Et sa voix. Sa voix qui m'appelle depuis la cuisine. Je ne la vois pas encore mais je sais que dans un instant, tout va réapparaître : le four prussien, le tableau noir en forme de pomme, le carrelage bordeaux et blanc. Et puis elle, avec ses cheveux, son odeur, ses bijoux. Je m'apprête à courir à la cuisine quand j'aperçois des traces de terre sur la moquette. Il faut nettoyer ça avant d'aller la voir. Je ne pourrai pas sinon me blottir dans ses bras comme si de rien n'était. Il faudra raconter la tache et ça risquerait de la fâcher. Alors je m'élance vers la buanderie. En traversant le couloir, je m'aperçois que la porte d'entrée est mal fermée, j'accélère avec la peur dans le dos, en me demandant si oui ou non, j'ai vu le bout d'une chaussure marron dépasser, alors je ne m'arrête même pas pour passer une tête dans ma chambre. Pourtant mon cœur s'envole à l'idée de retrouver mes jouets, ma collection de cactus sur la cheminée et le train en bois avec les rails qui passent sur un pont. Pourquoi personne n'a pensé à mes affaires ? Quand j'arrive, il y a des valises entassées jusqu'au plafond, couvertes de boue. Si je veux aller plus loin, il faut les escalader. Puis, je suis de retour au salon, sans passer par la case couloir, mais maintenant c'est sûr, c'était une chaussure marron avec des petits trous d'aération devant, je peux dire avec certitude que je l'ai vue. Slip baissé, j'asperge la tache avec ma pisse dans l'espoir de la faire disparaître. Il fait nuit maintenant. Redressé dans un sursaut, je reprends pied dans le réel tout en tâtant le matelas de la main pour évaluer l'étendue des dégâts. C'est tiède. J'ai de la pisse partout sur le pyjama, jusqu'au nombril. C'est à cause de l'infusion au tilleul d'hier soir. Le plus silencieusement possible, pour ne pas réveiller ma grand-mère, je tire le matelas jusqu'à la salle de bains, évitant les lattes dont je connais la susceptibilité. Millimètre par millimètre, je referme la porte, agrippé à la poignée. Mais une fois seul dans la salle de bains avec mon petit lit de fortune souillé je ne sais pas trop comment procéder. Faire une machine c'est impossible. Je ne sais même pas comment l'allumer et puis elle fait un boucan d'enfer. De toute manière il faudrait ensuite tout faire sécher sur le balcon, les draps, le pyjama, et même le matelas. Je reste interdit, un long moment, bercé par les ronflements de ma tante qui dort de l'autre côté de la cloison. L'émail de la baignoire a la couleur bleue du jour naissant. Il y a devant mes yeux cette tache de pisse ovale dont je ne sais plus très bien dire si elle appartient à notre monde où à celui que je viens de quitter. Cette tache qui a fait le voyage avec moi de la rue Cresson à la Villa, de là-bas à ici, et rien que pour ça je voudrais la garder, qu'elle laisse une auréole sur le matelas pour toujours, comme un pont vers mon royaume. Qu'en se couchant je sois sûr d'y retourner. Alors je vivrais ma meilleure vie en songe. Et le maintenant ne serait plus qu'un mauvais moment à passer en attendant les retrouvailles. Qu'importerait le spectacle hideux de ma tante s'il n'était qu'un cauchemar dont j'irais me consoler dans les bras de ma mère. Je pourrais rester à la maison des heures entières à tricher au Mille Bornes. Si le téléphone sonnait, je dirais aux gens : « Rappelez plus tard, elle est occupée » et j'irais me blottir sur le pouf du salon pour écouter mes disques d'enfants, ceux que je ne veux plus jamais entendre. J'ôte doucement le drap alourdi de pisse et puis je le roule en boule avant de le mettre au fond du panier de linge sale, en dessous des autres vêtements. Pareil avec le pyjama en espérant que tout sèche avant le matin. Il fait froid et je voudrais dormir maintenant. En rentrant dans la chambre, tout nu, tirant mon matelas déhoussé, j'ai une sensation étrange de déjà-vu. La sensation d'une veillée qui n'en finit pas. Les slips sont dans la grande armoire dont la porte grince spectaculairement à chaque ouverture. Quand je l'ouvre je pense toujours à cette vieille actrice rousse qui joue dans les pièces de théâtre à la télé. Je lui dis en chuchotant à l'armoire qu'il serait vraiment bien qu'elle s'ouvre en silence, juste cette fois, que c'est pour un nouveau rôle fabuleux qui la rendra enfin célèbre. Je prends la porte dans mes bras avec délicatesse, pour l'accompagner dans sa plainte, mais ça ne fait que saccader l'horrible grincement. Ma grand-mère ouvre les yeux et appelle d'une voix endormie un homme que je ne connais pas. De quel monde vient-on de la tirer ? J'enfile un slip et je viens me glisser auprès d'elle, les paupières battantes. Elle proteste un peu, mais m'accepte finalement d'un mouvement de drap. Je m'imagine lionceau perdu dans la savane, sous la protection d'un vieux fauve. Quand je me réveille il fait grand jour et je suis seul dans le lit deux places moelleux. Mon petit matelas n'est plus dans la chambre, ma grand-mère s'affaire à la cuisine et je sais qu'elle s'est déjà occupée de tout. Il est inutile de se lever pour aller vérifier que mon lit sèche sur la tôle du balcon. La machine à laver essore mon aventure nocturne, et dans un moment ma grand-mère coupera le robinet qui coule à la cuisine pour aller offrir le pyjama et les draps à la rédemption du soleil. Quand je le souhaiterai, je pourrai sans crainte venir m'asseoir à la table du salon où un thé fumant m'attend probablement déjà. Ma grand-mère me reprochera peut-être l'épaisse couche de margarine sur mes toasts, ou ma manière bruyante d'avaler le thé, elle me dira sans doute d'ôter les coudes de la table ou de me tenir droit, mais pas un mot ne sera prononcé sur les événements de la nuit. Ce ne sera même pas un secret entre elle et moi. Je remonte l'édredon jusqu'à la pointe de mon nez et m'étire sous les plumes, heureux et reposé. Est-ce que j'irai à la plage ce matin ?

Table

PREMIÈRE PARTIE
Baptiste

Les méduses 13
La mouche 17
Le baptême 21
Le bain 27
Les familles 31
Le foie haché 39
La chambre 45
L'invitation 53

DEUXIÈME PARTIE
Les monstres

La tante 63
Le Grum 75
La plage 83
Les garçons 99

La messe 105
Le fils 113
Les fourmis 119
Les pouvoirs 129
Omaha Beach 135
Le café 143
La visite 153
Le baiser 161
Mike Brant 167

TROISIÈME PARTIE

Les mondes engloutis

Le béton 175
Les autos-tamponneuses 183
Le Playmobil 195
L'enterrement 203
Pipi au lit 209

Cet ouvrage a été mis en pages par Soft Office

[illegible] en France par [illegible]
[illegible]

PAPIER À BASE DE FIBRES CERTIFIÉES

Le Livre de Poche s'engage pour l'environnement en réduisant l'empreinte carbone de ses livres. Celle de cet exemplaire est de :
200 g éq. CO_2
Rendez-vous sur www.livredepoche-durable.fr

Cet ouvrage a été mis en pages par Soft Office

Achevé d'imprimer en janvier 2022, en France sur Presse Offset par
Maury Imprimeur – 45330 Malesherbes
N° d'imprimeur : 259878
Dépôt légal 1re publication : février 2022
LIBRAIRIE GÉNÉRALE FRANÇAISE – 21, rue du Montparnasse – 75298 Paris Cedex 06

55/0724/3